Deseo™

De nuevo junto a ti

MAUREEN CHILD

HARLEQUIN™

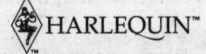

Editado por HARLEQUIN IBÉRICA, S.A.
Núñez de Balboa, 56
28001 Madrid

© 2009 Maureen Child. Todos los derechos reservados.
DE NUEVO JUNTO A TI, N.º 1719 - 12.5.10
Título original: Claiming King's Baby
Publicada originalmente por Silhouette® Books.

Todos los derechos están reservados incluidos los de reproducción, total o parcial. Esta edición ha sido publicada con permiso de Harlequin Enterprises II BV.
Todos los personajes de este libro son ficticios. Cualquier parecido con alguna persona, viva o muerta, es pura coincidencia.
® Harlequin, Harlequin Deseo y logotipo Harlequin son marcas registradas por Harlequin Books S.A.
® y ™ son marcas registradas por Harlequin Enterprises Limited y sus filiales, utilizadas con licencia. Las marcas que lleven ® están registradas en la Oficina Española de Patentes y Marcas y en otros países.

I.S.B.N.: 978-84-671-7976-7
Depósito legal: B-11012-2010
Editor responsable: Luis Pugni
Preimpresión y fotomecánica: M.T. Color & Diseño, S.L.
C/ Colquide, 6 portal 2 - 3º H. 28230 Las Rozas (Madrid)
Impresión y encuadernación: LITOGRAFÍA ROSÉS, S.A.
C/ Energía, 11. 08850 Gavá (Barcelona)
Fecha impresion para Argentina: 8.11.10
Distribuidor exclusivo para España: LOGISTA
Distribuidor para México: CODIPLYRSA
Distribuidores para Argentina: interior, BERTRAN, S.A.C. Vélez Sársfield, 1950. Cap. Fed./ Buenos Aires y Gran Buenos Aires, VACCARO SÁNCHEZ y Cía, S.A.
Distribuidor para Chile: DISTRIBUIDORA ALFA, S.A.

Capítulo Uno

Justice King abrió la puerta y se encontró cara a cara con su pasado.

Allí estaba ella, mirándolo con aquellos ojos azul claro que tanto ahínco había puesto en olvidar. El viento jugaba con su melena pelirroja y una media sonrisa colgaba de sus labios.

–Hola, Justice, cuánto tiempo –lo saludó.

«Exactamente ocho meses y veinticinco días», pensó él.

Justice miró de arriba abajo a aquella mujer alta, de mentón desafiante y nariz pecosa.

No había cambiado nada.

Justice se fijó en que tenía la respiración entrecortada y supo que estaba nerviosa.

Eso le pasaba por haber ido.

La miró a los ojos.

–¿Qué haces aquí, Maggie?

–¿No me vas a invitar a pasar?

–No.

No quería tenerla cerca.

–¿Qué formas son éstas de tratar a tu esposa? –le preguntó Maggie entrando.

Su esposa.

Automáticamente, Justice se encontró tocándose con el dedo pulgar izquierdo el anular de la misma mano, pero no encontró su alianza, pues había dejado de llevarla el mismo día que Maggie se había ido de casa.

Los recuerdos se apoderaron de su mente y Justice cerró los ojos para ahuyentarlos, pero no le fue posible. No había nada capaz de parar aquellas imágenes... Maggie desnuda en la cama jadeando de placer, Maggie gritándole y llorando, Maggie yéndose sin mirar atrás.

Después de aquello, él había cerrado la puerta de su casa y, con ella, su corazón.

No había cambiado nada.

Seguían siendo los mismos que cuando se casaron y se separaron. Así que Justice cerró la puerta y se giró hacia Maggie.

La luz invernal se colaba por la ventana del vestíbulo y se reflejaba en el espejo de la entrada. Sobre la mesa estaba el florero de color azul cobalto que no había albergado flores en su interior desde que Maggie se había ido.

De repente, el silencio de la casa cayó sobre ellos.

Los segundos pasaron y Justice se limitó a esperar. Sabía que Maggie llevaba fatal el silencio y se preguntó cuánto tiempo iba a tardar en hablar porque, de hecho, era una mujer muy conversadora.

¡Cuánto había echado de menos eso!

Había medio metro entre ellos y, aun así, Justice sentía la atracción. Se moría por tomarla entre sus brazos y saciar su sed, pero consiguió controlarse.

–¿Dónde está la señora Carey? –le preguntó Maggie de repente.

–De vacaciones –contestó Justice.

Ojalá no hubiera sido así, pero era cierto que la señora Carey estaba en Jamaica.

–Qué suerte –comentó Maggie–. ¿Te alegras de verme? –añadió ladeando la cabeza.

Más que alegre, Justice estaba perplejo. Al irse, Maggie le había jurado que jamás volvería a verla y así había sido... sin contar la cantidad de veces que había aparecido en sus sueños para atormentarlo.

–¿Por qué has venido, Maggie? ¿Qué haces aquí?

–Buena pregunta –contestó dirigiéndose al salón.

Una vez allí, miró a su alrededor. Allí seguían las dos paredes cubiertas de libros, la enorme chimenea de piedra, las comodísimas butacas y los estupendos sofás que había comprado ella misma y que había dispuesto para crear una zona de estar y, por supuesto, los ventanales desde los que se veían los árboles centenarios y las interminables hectáreas del rancho.

–No has cambiado nada –comentó.

–No he tenido tiempo –mintió Justice.

–Ya –respondió Maggie girándose hacia él con furia en los ojos.

Justice sintió que el deseo se apoderaba de él con la fuerza de un rayo. Siempre le había sucedido así cuando Maggie se enfadaba. Siempre habían sido como aceite y agua, siempre independientes y paralelos. Nunca se habían mezclado realmente, nunca habían formado un todo y, tal vez, a eso se debiera parte de la atracción que había entre ellos.

Maggie no era mujer de cambiar por un hombre. Era como era. «Lentejas, las comes o las dejas».

Él siempre había elegido comérsela y sabía que, si Maggie se acercaba un poco más, se la volvería a comer.

–Mira, no he venido a discutir –le dijo irritada.
–¿A qué has venido?
–A traerte esto.

Dicho aquello, Maggie metió la mano en su enorme bolso de cuero negro, sacó un sobre de color crema y se lo entregó.

–¿Qué es esto? –le preguntó Justice aceptándolo.
–Los papeles del divorcio –contestó Maggie cruzándose de brazos–. No has firmado la copia que mis abogados te enviaron, así que no he tenido más remedio que traértela en persona. Supongo que te resultará más difícil ignorarme si estoy de pie delante de ti, ¿verdad?

Justice dejó caer el sobre encima de la butaca que tenía más cerca, se metió las manos en los bolsillos de los vaqueros y se quedó mirando a su esposa.

–No te he ignorado.
–Ya –contestó Maggie en tono molesto–. Entonces, ¿qué has estado haciendo? ¿Jugando? ¿Haciendo todo lo que estaba en tu mano para enfadarme?

Justice no pudo evitar sonreír.
–De ser así, parece que lo he conseguido.
–Claro que lo has conseguido –contestó Maggie acercándose a él.

Sin embargo, se paró antes de acercarse demasiado, como si supiera que, si pasaba de cierta distancia, la atracción que había entre ellos explotaría y aquello se convertiría en un infierno que ninguno de los dos podría controlar.

Justice siempre había sabido que era lista.

—Hace meses que me dijiste que nuestro matrimonio había terminado, así que haz el favor de firmar los papeles.

—¿A qué vienen tantas prisas? ¿Acaso ya estás con otro?

Maggie lo miró indignada, como si la hubiera abofeteado.

—Eso no es asunto tuyo. Tú limítate a firmar los papeles del divorcio. Dejaste muy clara tu postura hace unos meses, así que sé consecuente.

—Yo no te dije que te fueras —protestó Justice.

—No, pero me fui por tu culpa.

—Te recuerdo que fuiste tú la que hizo las maletas, Maggie.

—Porque no me dejaste otra opción —contestó ella con un hilo de voz—. Por favor, terminemos con esto cuanto antes —añadió.

—¿Crees que firmando estos papeles habrá terminado todo? —contestó Justice acercándose y poniéndole las manos en los hombros antes de que a Maggie le diera tiempo de distanciarse.

¡Cuánto la había echado de menos!

—Te recuerdo que tú terminaste con nuestra relación hace tiempo —contestó Maggie.

—Fuiste tú quien se marchó.

—Y tú me dejaste ir —le espetó Maggie mirándolo a los ojos.

—¿Y qué iba a hacer? ¿Atarte a una silla?

Maggie se rió con frialdad.

–No, tú jamás harías una cosa así, ¿verdad, Justice? Tú jamás intentarías convencerme para que me quedara. Tú jamás irías a buscarme.

Aquellas palabras lo hirieron, pero no dijo nada. Lo cierto era que no, no había ido a buscarla. El orgullo se lo había impedido. ¿Qué iba a hacer? ¿Suplicarle para que se quedara? ¿Después de que le hubiera dejado claro que, por su parte, su matrimonio había terminado? No, había preferido dejarla marchar.

Maggie se apartó el pelo de la cara.

–Bueno, aquí estamos otra vez, echándonos las culpas el uno al otro, yo gritando y tú imperturbable, con esa cara de estatua que pones, y sin abrir la boca.

–Yo no pongo cara de estatua –se defendió Justice.

–¿Cómo que no? Mírate en el espejo –contestó Maggie riéndose e intentando alejarse.

Pero Justice no se lo permitió. Maggie echó la cabeza hacia atrás y lo miró a los ojos, y Justice no pudo evitar mirar aquellos labios que tanto deseaba besar.

–Siempre que discutíamos, yo era la única que gritaba. Eran discusiones unilaterales. Tú nunca decías nada.

–Lo dices como si gritar fuera algo bueno.

–¡Si hubieras gritado tú también, al menos habría sabido que te importaba lo suficiente como para discutir!

–Pues claro que me importabas –le aseguró Justice–. Lo sabías perfectamente, pero, aun así, te fuiste.

–Porque tú querías que todo se hiciera como a ti te daba la gana. El matrimonio es cosa de dos, no de uno que ordena y otro que obedece –le explicó Maggie–. Suéltame, Justice. No he venido para esto.

–Eso no te lo crees ni tú –argumentó Justice bajando la voz–. Podrías haber mandado a tu abogado, pero has preferido venir tú porque… querías verme.

–Efectivamente. Quería verte en persona para pedirte que firmes los papeles del divorcio.

–¿De verdad? –insistió Justice inclinándose sobre ella y aspirando su aroma–. ¿Sólo has venido por eso, Maggie? ¿Por los papeles?

–Sí –contestó Maggie cerrando los ojos y poniéndole las manos en el pecho–. Quiero que todo esto termine, Justice. Si ya no hay nada entre nosotros, necesito el divorcio.

Al notar sus manos en el pecho, Justice sintió que el deseo corría por sus venas y lo dejó correr sin ponerle trabas.

Siempre había sido así entre ellos. Química, pura química. Combustión. Les bastaba con tocarse para que sus cuerpos se encendieran.

Aquello no había cambiado.

–Entre tú y yo siempre habrá algo, Maggie –le dijo viendo cómo se sonrojaba–. Lo nuestro durará siempre.

–Eso creía yo antes –contestó ella abriendo los ojos y negando con la cabeza–, pero nuestra relación debe terminar, Justice. Si vuelvo, nos haríamos daño.

Sin duda. Justice no podía darle lo que Maggie

más ansiaba en la vida, así que debería dejarla partir. Por su bien. Pero había vuelto, la tenía entre sus brazos y había pasado unos meses muy duros sin ella.

Había intentado olvidarla recurriendo a otras mujeres, pero no le había dado resultado. Jamás había deseado a ninguna otra mujer como la deseaba a ella.

Justice sentía la excitación por todo el cuerpo, los músculos tensos y rígidos. El pasado daba igual. El futuro no existía. Sin embargo, el presente estaba ante él y lo quemaba con intensidad.

–Si de verdad lo nuestro ha terminado, Maggie, lo único que nos queda es el aquí y el ahora –le dijo rozándole los labios con la punta de la lengua–. Si te vas ahora, me moriré.

Sabía que Maggie sentía lo mismo que él.

Ella lo abrazó, le pasó los brazos alrededor del cuello y le acarició el pelo.

–Dios mío, cuánto te he echado de menos –admitió besándolo–. Canalla, todavía te quiero.

–Me rompiste el corazón cuando te fuiste, Maggie –confesó Justice mirándola a los ojos y dándose cuenta de que los de Maggie estaban cargados de pasión–, pero ahora has vuelto y no pienso permitir que te marches inmediatamente –añadió besándola.

Al hacerlo, se sintió vivo de nuevo y se dio cuenta de que durante los últimos meses había sido como un muerto viviente, se había limitado a respirar, comer y trabajar, pero se había sentido completamente vacío. Se había entregado a la rutina del rancho para no tener tiempo de pensar, para no preguntarse qué estaría haciendo Maggie y dónde estaría.

Llevaba tantos meses sin estar con ella que su propio deseo lo sorprendió. Justice le acarició la espalda y llegó hasta sus nalgas, las agarró con fuerza y la estrechó contra él para que Maggie sintiera la prueba de su necesidad.

Maggie gimió de placer y se apretó contra él, momento que Justice aprovechó para deslizar la boca por su cuello. Su olor lo invadió, su calor lo envolvió y ya sólo pudo pensar en tomar lo que había echado de menos durante tanto tiempo.

Le mordisqueó el escote y sintió cómo Maggie se estremecía de placer y ladeaba la cabeza para permitirle mejor acceso. Siempre le había gustado que la besara por el cuello. Justice deslizó una mano por su entrepierna y notó, a pesar de la tela de los pantalones, el calor que irradiaba su pubis.

–Justice…
–Maggie, si me dices que pare…
–¿Qué harías?
–Pararía –suspiró él dejando caer la frente sobre la de su mujer.

Maggie le tomó el rostro entre las manos. Era cierto que no había ido hasta allí buscando sexo aunque, para ser completamente sincera consigo misma, se moría por que Justice la abrazara de nuevo y le volviera a hacer el amor. Lo había echado tantísimo de menos que la idea de tenerlo para siempre era un dolor que le partía el corazón. Por eso, volver a sentir sus manos y sus labios había sido una bendición divina.

Cuando se había ido, cuando había abandonado su hogar conyugal, había rezado para que Justice fuera a buscarla y todo se arreglara. Al ver que no era así, había sufrido mucho, pero había intentado seguir adelante con su vida, se había buscado otro trabajo, había alquilado un apartamento y había hecho amigos nuevos.

Aun así, le faltaba algo.

Sabía perfectamente que una parte muy importante de ella se había quedado en el rancho.

Con él.

Maggie se miró en aquellos ojos azul oscuro que la habían cautivado desde el principio.

—No pares, Justice. No pares, por favor.

Justice volvió a besarla, introdujo la lengua en su boca y se apoderó de ella con fruición. La pasión era tan fuerte que Maggie sintió una riada de energía.

Sintió un calor inmenso desde la cabeza a los pies. Era como estar en llamas porque le quemaba la piel, le hervía la sangre mientras la boca de Justice no paraba de besarla, sus dedos le bajaban la cremallera de los pantalones y una de sus manos se deslizaba por debajo de sus braguitas hasta aquel lugar de su cuerpo que lo esperaba con ansia.

Maggie se estremeció mientras Justice la acariciaba de manera íntima, separó las piernas y dejó que los pantalones cayeran al suelo. Le daba exactamente igual todo, lo único que quería era sentir sus caricias. Cuando Justice introdujo primero un dedo y, luego, dos en el interior de su cuerpo, estuvo a punto de ponerse a llorar.

Lo que hizo fue tomar aire profundamente y echar la cabeza hacia atrás para, a continuación, comenzar a mover las caderas en busca del orgasmo que solamente él sabía darle.

Maggie oyó que se le comenzaba a entrecortar la respiración mientras Justice continuaba acariciándola. Sentía la musculatura de todo el cuerpo cada vez más tensa.

–Vamos, Maggie. Quiero verte –murmuró Justice.

Aunque hubiera querido privarlo de ese placer, no lo habría conseguido, así que Maggie se aferró a sus hombros con fuerza, sintió que la cabeza le comenzaba a dar vueltas y que el cuerpo le quemaba cada vez más a medida que se iba acercando al orgasmo.

Jamás había sentido nada parecido con otros hombres antes de conocer a Justice y, después de él, no había tenido interés en buscar a otro.

Justice era el único para ella.

Lo había tenido claro nada más conocerlo hacía tres años, le había bastado una mirada desde la otra punta de una pista de baile de una fiesta benéfica para saberlo.

Había sido como si el mundo se hubiera parado.

Exactamente igual que en aquellos momentos.

No había nada en el mundo, sólo Justice y sus manos, sus caricias y su olor.

–Justice… necesito…

–Ya lo sé, pequeña. Sé perfectamente lo que necesitas y te lo voy a dar –contestó Justice metiéndole los dedos un poco más y acariciándola hasta que Maggie gritó de placer.

Lo único que pudo hacer fue gritar y agarrarse a él hasta que su cuerpo comenzó a temblar y la increíble tensión muscular que había ido acumulando comenzó a deshacerse ante aquel placer tan profundo y tan fuerte. Entonces, gritó su nombre varias veces, mientras las oleadas de sensaciones recorrían su cuerpo y la dejaban desmadejada y sin respiración.

   Maggie se dio cuenta de repente de que Justice la estaba mirando y sonreía. Estaba de pie en el salón, con los pantalones bajados, temblando de placer. Tal vez debería haberse sentido avergonzada porque podría haber entrado cualquiera, pero lo que sentía eran unas tremendas ganas de seguir. Justice tenía unas manos maravillosas, pero lo que Maggie quería en aquellos momentos era sentir su erección en el interior de su cuerpo.

   –Esto ha sido… –dijo tragando saliva.

   –… sólo el principio –concluyó Justice.

Capítulo Dos

Aquello a Maggie le gustó.

Pero… miró a su alrededor y volvió a mirar a Justice.

—La señora Carey no está, pero…

—No hay nadie —se apresuró a asegurarle Justice—. Nadie nos va a interrumpir.

Maggie suspiró aliviada. No quería interrupciones. Justice tenía razón en una cosa: su pasado ya no existía y el futuro no había llegado, así que lo único que tenía era aquel día, aquel minuto, aquel pequeño lapso de tiempo.

Y estaba decidida a aprovecharlo.

Así que acarició el pelo de Justice. Lo llevaba un poco largo, como de costumbre. A Maggie le encantaba que los rizos de la nuca le sobresalieran por encima del cuello de la camisa. No se debía de haber afeitado en un par de días y estaba realmente sexy.

Se moría por que le acariciara los pechos. Como si le hubiera leído el pensamiento, Justice se apartó ligeramente y comenzó a desabrocharle los botones de la delicada blusa de seda rosa. La prenda no tardó en caer al suelo, momento que Maggie aprovechó para deshacerse de sus pantalones y de sus botas y bajarse las braguitas.

Justice le desabrochó el sujetador y lo tiró al suelo, dejando sus pechos al descubierto y apoderándose de ellos en un abrir y cerrar de ojos. A continuación, se concentró en acariciarle los pezones con las yemas de los dedos pulgares hasta que Maggie comenzó a jadear de placer y sintió que el deseo corría de nuevo por todo su cuerpo. Era como si no acabara de tener un orgasmo. Estaba temblando de nuevo. Sentía un fuego ardiente entre las piernas.

–Eres muy guapa –murmuró Justice mirándola a los ojos mientras le acariciaba los pechos–. Muy guapa.

–Te necesito, Justice. Ahora. Por favor. Ahora.

Justice sonrió de manera traviesa, la levantó y la condujo a un sofá. Maggie se quedó mirándolo mientras él se quitaba la camisa. Se le estaba haciendo la boca agua. Literalmente. Justice tenía la piel bronceada y el cuerpo fuerte y musculado. ¡Cuántas noches había pasado abrazada a aquel torso!

Maggie se echó hacia atrás, descansó la cabeza en un cojín y abrió los brazos para recibirlo.

–¿A qué esperas, vaquero?

Justice apretó los dientes y continuó desnudándose a toda velocidad. Aun así, a Maggie se le antojó que estaba tardando una eternidad. No podía más. Estaba muy excitada y húmeda y quería que la penetrara cuanto antes, pues temía volver a explotar de un momento a otro.

Justice avanzó hacia ella mientras Maggie se fijaba en su erección, grande, larga y dura. Cuando Justice se tumbó sobre ella, aguantó el aliento y esperó.

–Cuánto te he echado de menos, preciosa –le dijo Justice apoyándose en las manos y besándola.

–Oh, Justice, yo también te he echado mucho de menos –contestó Maggie elevando las caderas y dándole la bienvenida.

Justice se introdujo en su cuerpo y Maggie gimió encantada al sentir su erección, levantó las piernas y se las puso alrededor de la cintura.

Aunque lo tenía muy dentro de ella, no le parecía suficiente. Maggie gemía y se revolvía debajo de él mientras Justice la penetraba una y otra vez haciendo que las llamas iniciales se convirtieran en un gran incendio.

Había pasado tanto tiempo sin acostarse con él que Maggie no quería nada suave ni romántico, sino un encuentro rápido y apasionado, frenético. Quería comprobar que Justice sentía la misma necesidad que ella, quería sentir la fuerza de su pasión.

–Más fuerte, Justice, lo quiero más fuerte –murmuró.

–Me estoy controlando, Maggie. Hace demasiado tiempo y no quiero hacerte daño.

Maggie le tomó el rostro entre las manos y sonrió.

–Lo único que me hace daño es que te controles. Justice, te necesito.

Justice apretó los dientes, la agarró de la espalda con una mano y la levantó para depositarla sobre la alfombra que cubría el suelo de madera. A continuación, colocó sus manos a la altura de la cabeza de Maggie y sonrió.

–Ya te dije cuando compraste esos sofás que eran demasiado blandos.

—Para estar sentados son perfectos, pero para esto, tienes razón, son demasiado blandos –sonrió Maggie.

Dicho aquello, volvió a elevar las caderas para sentir a Justice todavía más dentro de su cuerpo. Justice se retiró ligeramente para, un instante después, volver a adentrarse en su cuerpo con más fuerza.

Maggie sonrió encantada.

Justice le levantó las piernas y las colocó sobre sus hombros, la agarró de las caderas y siguió adentrándose en su interior. Maggie se agarró a la alfombra con todas sus fuerzas mientras Justice se movía a toda velocidad y ambos se dirigían hacia un orgasmo maravilloso.

—¡Sí, Justice, así, así! –gritó Maggie.

Mientras continuaban haciendo el amor, lo miró a los ojos y supo que jamás sería un ser humano completo sin él.

Aquello hizo que los ojos se le llenaran de lágrimas mientras su cuerpo comenzaba a experimentar los primeros placeres del orgasmo.

Justice deslizó una mano entre sus cuerpos y comenzó a acariciarla, y Maggie se dejó arrastrar por el enorme clímax que la estaba esperando. Cuando se produjo, gritó el nombre de su marido mientras se preguntaba entristecida si sería la última vez que hacía el amor con él.

Justice se entregó también al orgasmo y gimió su nombre desde lo más profundo de su garganta mientras se dejaba caer sobre ella. Maggie lo abrazó con fuerza mientras oleadas y oleadas de placer sacudían sus cuerpos y, aunque sintió que el corazón se le rompía, decidió que Justice no debía darse cuenta.

Pasaron el resto del fin de semana en una nube de pasión. Excepto unas cuantas incursiones necesarias a la cocina, no salieron del dormitorio principal.

Después del apasionado encuentro que había tenido lugar en el salón, Justice llamó a Phil, el capataz, y le dijo que se encargara él del rancho durante los próximos días.

No había sido una promesa de para siempre, pero Maggie se había sentido agradecida. Aun así, sabía que estaba loca, pues se estaba exponiendo a más sufrimiento.

Mientras siguiera enamorada de Justice King, no iba a tener paz porque no podían estar juntos sin hacerse daño y tampoco podían vivir separados.

Por lo menos ella, que se estaba muriendo de pena.

Aquello no era justo.

Maggie suspiró suavemente sin dejar de mirar a Justice. La única luz que había en la habitación procedía de la chimenea de piedra, de los rescoldos. Afuera había una gran tormenta invernal y estaba lloviendo.

Maggie también sentía que en su interior se estaba librando una dura tormenta.

¿Qué podía hacer? Había intentado vivir sin él y lo único que había conseguido había sido pasar nueve meses terribles. Se había entregado por completo al trabajo para no pensar ni sentir, pero le había parecido una forma de vivir completamente vacía. Lo cierto era que quería estar con Justice, que sin él jamás sería feliz.

Justice era el mejor amante que jamás había tenido. Sus caricias la quemaban, su aliento la acariciaba, su voz la hacía excitarse aunque acabara de tener un orgasmo, su piel seguía encendida mucho después de que la hubiera tocado.

Maggie cerró los ojos y sintió su miembro en el interior de su cuerpo, sintió los latidos de sus corazones acompasados y no pudo evitar preguntarse, como de costumbre, cómo era posible que dos personas estuvieran tan conectadas y tan alejadas a la vez.

Observó con detenimiento a Justice mientras éste se levantaba de la cama y caminaba desnudo por el dormitorio. Tenía un cuerpo bien formado, esbelto y bronceado porque trabajaba al aire libre desde hacía años. Tenía el pelo castaño oscuro y le caía sobre los hombros. A Maggie aquello siempre se le había antojado muy sensual y él ni siquiera parecía darse cuenta.

Sintió que se le aceleraba el corazón mientras observaba su espalda y su trasero. Justice se movía con una gracia y una elegancia innatas.

La verdad era que todo lo que hacía aquel hombre era fabuloso.

Justice se colocó en cuclillas al lado de la chimenea y echó otro leño al fuego, que se avivó inmediatamente. Maggie siguió observándolo. Tenía las piernas fuertes y bien torneadas, pues pasaba muchas horas a caballo, y la espalda y los brazos fuertes porque trabajaba mucho.

Podría haber contratado a todos los hombres que hubiera necesitado para hacer el trabajo duro del rancho, pero nunca había querido hacerlo. A Justice King le gustaba trabajar con sus vaqueros.

Como si hubiera percibido que lo estaba observando, Justice se giró hacia ella. El resplandor de las llamas dibujaba sombras en su rostro y le daba un aire duro y fuerte que lo hacía inalcanzable.

Maggie sintió que el corazón le daba un vuelco.

Sabía que iba a sufrir.

Justice era su marido, pero los vínculos que había entre ellos estaban maltrechos. En la cama se entendían a las mil maravillas, pero fuera de ella las cosas se complicaban porque querían cosas diferentes en la vida y ninguno de ellos daba su brazo a torcer, así que el compromiso era inalcanzable.

Era domingo por la noche y Maggie era consciente de que pronto tendría que volver a su mundo, a aquel mundo en el que Justice ya no estaba.

Aquella idea se le hacía insoportable.

La tormenta hizo que el viento y la lluvia arreciaran y Justice se dio cuenta de que Maggie había empezado a darle vueltas a la cabeza. Eso nunca había sido bueno. Justice sabía que lo estaba observando y se dio cuenta de que había puesto aquella cara que solía poner cuando le iba a decir algo que sabía que no le iba a gustar.

Justice sabía que aquello se iba a producir tarde o temprano.

Maggie y él tenían una química increíble, pero en las cosas que importaba estaban muy distanciados.

Ella estaba tumbada con su cabellera pelirroja extendida sobre la almohada, tapada hasta el escote con las sábanas y con una pierna al descubierto.

Justice siempre la recordaría así y lo sabía, como también sabía que aquel recuerdo lo atormentaría para siempre.

—Justice, tenemos que hablar.

—¿Por qué? —contestó él. Se acercó a la silla donde había dejado los vaqueros y se los puso.

Era mejor estar vestido para hablar con Maggie King.

—No hagas eso.

—¿El qué?

—No me dejes fuera. No me lo hagas otra vez.

—Pero si no estoy haciendo nada, Maggie.

—Precisamente por eso —insistió Maggie incorporándose sobre el colchón.

Justice se giró hacia ella y sintió la imperiosa necesidad de acercarse y de abrazarla con fuerza, de impedir que hablara y desatara entre ellos una discusión que ninguno iba a ganar.

—No me vas a pedir que me quede, ¿verdad? —le preguntó Maggie apartándose un mechón de pelo de la cara.

Justice pensó que no hacía falta que lo hiciera, que Maggie era su esposa, que él no tenía ninguna obligación de pedirle que se quedara cuando había sido ella la que había decidido irse.

No le dijo nada, se limitó a negar con la cabeza y a abrocharse la bragueta de los vaqueros.

–¿De qué me serviría pedírtelo si, al final, te vas a volver a ir?

–No tendría por qué irme si tú estuvieras dispuesto a ceder un poco.

–No pienso ceder –le aseguró Justice, aunque le costó porque sabía que la estaba haciendo sufrir.

–¿Por qué no? –lo increpó Maggie poniéndose en pie y plantándose ante él desnuda y orgullosa.

Justice sintió que se excitaba inmediatamente a pesar de que habían hecho el amor varias veces seguidas.

–Porque no –contestó cruzándose de brazos–. Tú quieres tener hijos y yo, no. Se acabó la historia.

Maggie abrió la boca. Justice sabía que estaba intentando controlar su temperamento inglés, aquel temperamento que a él le había atraído desde el principio aunque, a veces, lo sacara de quicio.

–¡Maldita sea, Justice! –exclamó Maggie comenzando a ponerse la ropa interior–. ¿Estás dispuesto a terminar nuestra relación porque no quieres tener un hijo?

Justice sintió que la agitación se apoderaba de él. No lo pudo evitar. Sin embargo, no estaba dispuesto a volver a discutir sobre lo mismo una y otra vez.

–Maggie, ya te lo dije antes de casarnos –le recordó manteniendo la calma.

Maggie se apartó el pelo de la cara y lo miró furiosa.

–Sí, pero yo creía que te referías a que no querías tener hijos en aquel momento –contestó poniéndose la blusa a toda velocidad–. Jamás imaginé que querías decir que no querías tener hijos nunca.

–Entendiste mal –contestó Justice.

–Y tú no te molestaste en sacarme de mi error –contestó Maggie.

–Maggie, ¿de verdad tenemos que volver a hablar de esto?

–¿Por qué no? ¿Acabamos de pasar un fin de semana maravilloso y me estás diciendo que no sientes nada?

Claro que sentía algo.

–Yo no he dicho eso.

–Ni falta que hace. Estás dispuesto a dejar que me vaya otra vez. Eso es lo único que importa.

Justice apretó los dientes con fuerza. Maggie creía conocerlo bien, creía saber cómo iba a reaccionar, pero no era cierto. No lo conocía y jamás lo conocería de verdad.

–No estarías dispuesto a dar tu brazo a torcer aunque hubieras cambiado de opinión, ¿verdad? Claro que no, Justice King, el hombre más orgulloso...

–Maggie... –le advirtió Justice tomando aire y cruzándose de brazos.

Maggie levantó una mano para interrumpirlo y Justice optó por callar de nuevo y dejarla hablar.

–¿Sabes qué? Estoy harta de tu orgullo, Justice. El gran Justice King, el amo del universo. Estás tan ocupado arreglando el mundo para convertirlo en el lugar que tú quieres que sea que no tienes tiempo de comprometerte.

–¿Y por qué iba a querer comprometerme? –contestó Justice dando un paso hacia ella.

Se paró en seco al comprender que, si seguía acercándose, terminarían de nuevo en la cama. ¿Y de qué les serviría? Absolutamente de nada. Tarde o temprano, volverían a aquel mismo punto, a aquel asunto que había terminado con su matrimonio.

–Porque somos dos –contestó Maggie–. No eres sólo tú.

–Ya –contestó Justice.

No le gustaban las discusiones. No creía que resolvieran nada. Cuando dos personas no estaban de acuerdo en algo, pelear, gritar y alzar la voz no era de ninguna ayuda, pero ya estaba harto de aquel tema.

–¿Quieres compromiso? ¿Y cómo lo haríamos? ¿Con la idea de ceder cada uno un poco? ¿Eso significa medio hijo?

–No tiene ninguna gracia, Justice –contestó Maggie–. Sabes perfectamente lo que la familia significa para mí. Lo sabes desde el principio.

–Y tú también sabes mi opinión al respecto –contestó Justice mirándola con frialdad–. No pienso dar mi brazo a torcer, no puedo darte lo que quieres y tú no eres feliz si no eres madre.

Maggie sintió que el enfado la abandonaba y era reemplazado por una falta total de fuerzas. Justice no podía soportar verla así y sobre todo no podía soportar ser el causante de su dolor, pero no podía hacer nada al respecto.

Ni ahora ni nunca.

–Está bien –suspiró Maggie–. Entonces, todo ha terminado. Final de la historia. Otra vez.

Dicho aquello, se puso los pantalones, se abrochó la bragueta, se metió la camisa por dentro y se calzó las botas. Acto seguido, se peinó con los dedos y se recogió el pelo en la nuca.

Cuando hubo terminado, se quedó mirando a Justice, a quien le habría encantado poder borrar aquella tristeza de su rostro, pero durante el fin de semana se había dado cuenta de que no debía volver a cruzarse en la vida de Maggie. Era más fácil dejar que lo odiara. Lo mejor para ella sería seguir adelante con su vida.

La idea de que siguiera adelante con su vida significaba que, tarde o temprano, encontraría a otro hombre con el que formar una familia, y aquello le rompía el corazón, pero no podía hacer otra cosa.

Maggie recogió su bolso, se lo colgó del hombro y volvió mirarlo.

–Bueno, creo que lo único que me queda por hacer es darte las gracias por el fin de semana.

–Maggie…

Maggie negó con la cabeza y avanzó hacia la puerta. Cuando se colocó a la misma altura que Justice, se volvió hacia él.

–Firma los malditos papeles del divorcio.

–Está diluviando –contestó Justice agarrándola del brazo cuando Maggie comenzó a andar de nuevo–. ¿Por qué no te esperas un poco para irte?

–Porque no quiero seguir aquí –contestó ella soltándose–. Te recuerdo que ya no somos una pareja, así que no tienes derecho a preocuparte por mí.

Unos segundos después, Justice oyó que se cerraba la puerta principal de la casa, se acercó a la ventana y miró hacia el jardín. Allí estaba Maggie.

El viento le había soltado el pelo y, para cuando se montó en el coche, estaba prácticamente empapada.

Justice se quedó mirándola. Las luces del coche se encendieron, el vehículo se empezó a mover... Se quedó mirando hasta que las luces rojas desaparecieron en el horizonte.

Entonces, con un nudo en la garganta, dio un puñetazo en el marco de la ventana y soltó todo su dolor.

Capítulo Tres

Justice tiró el bastón, que se estampó contra la pared, lo que lo hizo sonreír satisfecho. Odiaba aquella maldita cosa, odiaba no estar como antes, odiaba que lo tuvieran que ayudar y, sobre todo, odiaba que su hermano se lo dijera.

Justice miró a Jefferson, su hermano mayor, y se levantó. Le costó un gran esfuerzo, pero fue capaz de mantener la dignidad mientras caminaba desde su butaca hasta el ventanal desde el que se veía el jardín y por el que entraba la luz del sol.

–Ya te he dicho que puedo andar, que no necesito a ningún terapeuta –le advirtió a su hermano.

Jefferson negó con la cabeza y se metió las manos en los bolsillos del pantalón.

–Eres un maldito cabezota. Seguramente, el cabezota más terrible que conozco, que es mucho decir teniendo en cuenta la familia de la que procedemos.

–Muy gracioso –contestó Justice apoyándose en la pared como quien no quiere la cosa.

Lo cierto era que el esfuerzo que estaba haciendo para apoyarse en la pierna que le dolía lo estaba matando. Claro que no estaba dispuesto a mostrar su debilidad ante su hermano.

–Vete ya –le dijo.

–Precisamente por eso he venido –contestó Jefferson.

–No te entiendo.

–Has echado a tres terapeutas de tu casa en lo que va de mes, Justice.

–Yo no les dije que vinieran –se defendió Justice.

Jefferson lo miró con el ceño fruncido y suspiró.

–Tío, te has roto la pierna por tres sitios. Te han tenido que operar. Los huesos han soldado bien, pero tienes la musculatura débil. Necesitas un fisioterapeuta y lo sabes perfectamente.

–Para empezar, no me llames tío y, para seguir, me apaño solo perfectamente.

–Sí, ya lo veo –contestó Jefferson fijándose en la mano que su hermano había apoyado en la pared y que tenía los nudillos blancos.

–¿No tienes alguna estúpida película que rodar? –le espetó Justice.

Jefferson era el director de los estudios King y se encargaba de la división cinematográfica del imperio familiar. Le encantaba Hollywood, viajar, firmar contratos, buscar nuevos talentos y localizaciones.

Era un hombre completamente desarraigado. Todo lo contrario a Justice, que estaba profundamente unido a su rancho.

–Primero tengo que hacerme cargo del idiota de mi hermano.

Justice se apoyó sobre la pared un poco más y pensó que, si Jefferson no se iba pronto, se iba a caer del esfuerzo. Aunque no quisiera admitirlo, la pierna que se había fracturado todavía estaba muy débil, lo que lo irritaba sobremanera.

Y todo por un estúpido accidente, porque su caballo se había tropezado hacía unos meses. Justice había salido disparado por encima de la cabeza del animal y no se había hecho nada, pero el caballo lo había pisoteado. El animal salió bien parado mientras que él lo estaba pasando fatal. El postoperatorio estaba resultando muy duro y le habían metido tanto metal en el cuerpo que seguro que ahora sonaría en los escáneres de los aeropuertos.

—Esto no te habría pasado si hubieras ido en un vehículo todoterreno en lugar de a caballo —le recriminó su hermano.

—Lo dices como si se te hubiera olvidado cómo se conduce a los rebaños.

—Tienes toda la razón. Hago todo lo que está en mi mano para olvidarme de cómo es eso de salir a conducir los rebaños antes del amanecer y no me interesa lo más mínimo tener que salir de madrugada a buscar una estúpida vaca que se ha perdido.

Precisamente por eso, Jefferson vivía en Hollywood y Justice, en el rancho. Todos sus hermanos habían abandonado aquella tierra en cuanto habían sido lo suficientemente mayores como para perseguir sus sueños, pero él se había quedado porque sus sueños estaban en aquel lugar.

Allí se sentía completamente vivo, allí podía respirar aire limpio y otear el horizonte. Le gustaba el trabajo duro.

—Sabes perfectamente que un caballo es mucho más útil para bajar a los cañones, no hacen ruido y no asustan a las reses. Además, no destrozan los pastos y…

–Ya basta –lo interrumpió Jefferson–. Todo eso ya me lo contó papá.

–Muy bien. Dejemos de hablar del rancho –cedió Justice–, pero quiero que contestes a una pregunta. ¿Quién te ha pedido que te inmiscuyas en mi vida y contrates a fisioterapeutas que yo no quiero contratar?

–Han sido Jesse y Jericho –contestó Jefferson sonriendo–. La señora Carey nos mantiene informados de la situación con los fisioterapeutas. Todos queremos que te pongas bien.

–¿Y por qué eres el único que ha venido?

Jefferson se encogió de hombros.

–Jesse no quiere dejar a Bella sola en estos momentos. Cualquiera diría que es la única mujer embarazada del mundo.

Justice asintió y pensó en su hermano menor.

–¿Sabes que me ha mandado un libro que se titula *Cómo ser un buen tío*?

–A Jericho y a mí nos ha mandado el mismo. Es curioso cómo ha pasado de ser un surfista sin raíces a convertirse en un padre de lo más casero.

Justice tragó saliva. Estaba muy contento por su hermano, pero no quería pensar en que Jesse pronto iba a ser padre, así que decidió cambiar de tema.

–¿Y Jericho?

–Está de permiso –contestó Jefferson–. Si leyeras el correo electrónico de vez en cuando, lo sabrías. Pronto le asignarán otra misión, así que decidió irse a descansar unos días a México, al hotel del primo Rico.

Su hermano Jericho era militar de carrera y le

encantaba aquella vida. Se le daba fenomenal su trabajo, pero a Justice le daba miedo porque le parecía peligroso. Lo cierto era que no había abierto sus correos electrónicos porque, desde el accidente, había estado de muy mal humor. Por supuesto, tendría que haber tenido presente que ninguno de sus hermanos lo iba a dejar en paz.

–Así que te ha tocado venir a ti –comentó.
–Exacto.
–Ojalá hubiera sido hijo único –murmuró Justice.
–Pídelo para la próxima reencarnación –contestó Jefferson sacándose una mano del bolsillo y consultando su reloj de oro.
–¿Se te está haciendo tarde? Por mí, vete cuando quieras.
–Tengo tiempo –contestó su hermano–. No me pienso ir hasta que llegue la nueva fisioterapeuta y me asegure de que no la echas a patadas.
–¿Por qué no me dejáis en paz? –le gritó Justice–. No os he pedido que me ayudéis. No quiero que me ayudéis. Para que lo sepas, no pienso dejarla entrar, así que no pierdas el tiempo y vete cuanto antes.
–Estás muy equivocado –sonrió Jefferson–. Ya verás como sí la dejas entrar.
–Eres tú el que se equivoca.

En ese momento, llamaron al timbre y Justice oyó que la señora Carey iba a abrir.

–Dile que se vaya –le dijo a Jefferson–. No quiero que nadie me ayude. Me puedo curar yo solo.
–Ya basta –le dijo su hermano–. Apenas puedes mantenerte en pie.

Justice oyó a la señora Carey hablando con la

persona que acababa de llegar. Sabía que no le quedaba mucho tiempo.

–Quiero hacerlo solo.

–Como de costumbre, pero todos necesitamos ayuda de vez en cuando. Incluso tú.

–Maldita sea, Jefferson…

Justice percibió dos voces femeninas que se acercaban por el pasillo, se pasó los dedos por el pelo y tomó aire. No podía soportar no tener las cosas bajo control y, desde el accidente, tenía demasiado a menudo aquella sensación. Para enterarse de cómo iba el rancho, dependía de los informes diarios del capataz porque él no podía salir, la señora Carey se tenía que ocupar de todo y él no la podía ayudar en nada. Lo cierto era que quería volver a tener su vida de antes, pero no estaba dispuesto a depender de una desconocida para recuperar su pierna.

A lo mejor los demás no lo entendían, pero le daba igual. Para él, era muy importante curarse él solo porque era su vida y su rancho y lo iba a hacer como le diera la gana.

A su manera.

Justice se quedó esperando a que se abriera la puerta del salón, dispuesto a despedir a la persona que entrara. A ver si, así, sus hermanos lo dejaban en paz de una vez.

De repente, tuvo una sensación desagradable y miró a su hermano de soslayo.

–¿A quién has contratado? –le preguntó.

–A mí, Justice, me ha contratado a mí –contestó una voz conocida desde la puerta.

Maggie.

Justice se quedó mirándola como si fuera un hombre sediento y ella un oasis. Llevaba unos vaqueros azules, botas negras y una camiseta de manga larga verde. Le pareció que su cuerpo tenía más curvas que la última vez que se habían visto. Llevaba el pelo suelto y los rizos le caían sobre los hombros. Maggie lo estaba mirando con sus enormes ojos azules y sus labios curvados, sonrientes.

–Sorpresa –le dijo.

Justice se dijo que iba a matar a Jefferson en cuanto pudiera, pero de momento tenía que conseguir mantenerse de pie el tiempo suficiente como para convencer a Maggie de que no necesitaba su ayuda. Era la última persona del mundo que quería que sintiera pena por él. Así que Justice elevó el mentón en actitud desafiante.

–Ha habido un error, Maggie. No te necesito, así que te puedes ir.

Dicho aquello, vio cómo su esposa hacía una mueca de disgusto y se dijo que se había comportado como un canalla, pero así era mejor.

–Justice –lo reprendió su hermano.

–No pasa nada, Jeff –intervino Maggie entrando en el salón–. Estoy acostumbrada a estas salidas ariscas de tu hermano.

–Yo no soy arisco.

–No, eres todo hospitalidad –se burló Maggie–. Me has recibido con los brazos abiertos y derrochando simpatía. Por cierto, ¿qué haces de pie?

–¿Cómo?

–Me has oído perfectamente –contestó Maggie acercándose a él.

En un abrir y cerrar de ojos, le había colocado una silla al lado y lo había obligado a sentarse, lo que Justice agradeció secretamente.

–¿Es que te has vuelto loco o qué? No puedes apoyarte en la pierna que tienes mal. Te vas a volver a caer. ¿Por qué no utilizas bastón?

–Porque no tengo –contestó Justice.

–Lo ha tirado –le aclaró Jeff.

–Ya –contestó Maggie viéndolo, acercándose y recogiéndolo–. A partir de ahora, cuando te quieras levantar, hazlo con ayuda del bastón –añadió entregándoselo a Justice.

–No acepto órdenes de ti, Maggie –le advirtió él.

–Ahora, sí.

–Por si no te has dado cuenta, estás despedida.

–No me puedes despedir porque no me has contratado tú –contestó Maggie mirándolo a los ojos fijamente–. Me ha contratado Jefferson, y es él quien me paga para ayudarte a caminar de nuevo.

–No tenía derecho a hacerlo –contestó Justice mirando a su hermano, que estaba disfrutando de lo lindo.

Maggie apoyó las manos en las caderas y se quedó mirándolo como un general que estaba a punto de mandar a sus hombres a la batalla.

–Pero lo ha hecho. Por cierto, ya me he enterado de lo que les has hecho a los otros tres fisioterapeutas, y no creas que a mí me vas a asustar tirando el bastón por los aires o contestando mal o mostrándote maleducado, así que ni te molestes en intentarlo.

–No quiero que te quedes aquí.

−Eso ya me lo has dejado claro unas cuantas veces, pero te vas a tener que fastidiar porque me pienso quedar hasta que te puedas poner en pie sin dolor −le explicó Maggie−. Lo mejor que puedes hacer es hacerme caso.

−¿Por qué?

−Porque, si me haces caso, te pondrás bien y, cuanto antes te pongas bien, antes me iré.

−En eso tiene razón −intervino Jeff.

Justice ni siquiera miró a su hermano. Estaba mirando fijamente a Maggie a los ojos. Veía en ellos un desafío silencioso. Lo cierto era que quería que saliera de su vida cuanto antes porque estar cerca de ella era una tortura. Menos mal que lo había obligado a sentarse. De haber permanecido en pie, tanto ella como su hermano se habrían dado cuenta de la erección que amenazaba con atravesarle los vaqueros.

Maggie sentía que el corazón le latía desbocado. Volver a ver a Justice era como echar sal en una herida.

Lo más duro era verlo sufrir.

Pero ¿cómo iba a decirle que no a Jefferson cuando le había pedido que fuera al rancho a ayudar a su hermano? Justice seguía siendo su marido... aunque él no lo sabía. Justice había firmado los papeles del divorcio y se los había hecho llegar, pero no sabía que Maggie no los había entregado en el juzgado.

¿Y por qué no lo había hecho? Bueno, tenía sus motivos. La última vez que se habían visto, se había ido del rancho más decidida que nunca a poner fin a su matrimonio, pero esa idea se le había quitado de la cabeza en cuanto su vida había tomado un inesperado rumbo.

Maggie estuvo a punto de sonreír. Nada de lo que Justice dijera o hiciera podría sacarla de su convicción de que estaba viviendo un momento maravilloso.

Había aceptado la propuesta de Jefferson decidida a mostrarle a su hermano lo que se estaba perdiendo. Sin embargo, mientras lo miraba a los ojos y comprendía que Justice no quería nada con ella, se preguntó si habría hecho bien. Claro que, ya que estaba allí, debía intentarlo.

–¿Te vas a poner en plan vaquero duro o vas a cooperar conmigo? –le preguntó.

–Yo no te he pedido que vinieras –contestó Justice.

–Claro que no. Todo el mundo sabe que el gran Justice King no necesita a nadie. Te va bien solo, ¿verdad? Estupendo. Entonces, levántate y acompáñame a la puerta.

Justice apretó los dientes y Maggie temió que fuera a hacerlo y acabara de bruces en el suelo, pero no fue así.

–Está bien. Puedes quedarte –dijo al cabo de unos segundos.

–Vaya –se sorprendió Maggie–. Gracias.

–Bueno, creo que a mí ya no me vais a necesitar –se despidió Jefferson–. Justice, pórtate bien con Maggie. Buena suerte –añadió besando a su cuñada en la frente.

Dicho aquello, se fue y los dejó solos.

—No te tendría que haber llamado a ti –protestó Justice.

—¿Y a quién querías que llamara? –contestó Maggie.

Sabía que Justice estaba enfadado y frustrado porque no podía soportar verse limitado. Tener que utilizar bastón para ponerse en pie debía de ser una humillación para él. Era comprensible que estuviera de muy mal humor.

—Le puedo decir a la señora Carey que te eche.

—Dile lo que quieras, pero no me va a echar –contestó Maggie–. Para empezar, porque le caigo muy bien y, además, sabe que necesitas mi ayuda.

—No necesito tu ayuda ni tu compasión.

Maggie sintió que la indignación se apoderaba de ella.

—Qué típico de ti, Justice. Vas por la vida de autosuficiente y esperas que todo el mundo sea así. Tu lema es «hazlo tú solo o no lo hagas».

—No tiene nada de malo. Todos debemos hacer las cosas solos.

—¿Por qué? ¿Por qué siempre tiene que ser lo que tú digas? ¿Por qué no ves que todo el mundo necesita otra persona en algún momento?

—Yo, no.

—No, tú no, claro. Justice King, no. Nunca pides ayuda, nunca admites que necesitas a otra persona. Tú nunca pides las cosas por favor.

—¿Por qué lo iba a hacer?

—No, por nada. Tú eres un hombre muy duro.

—No lo olvides.

—Claro que no. No lo pienso olvidar. Siempre y

cuando tú no olvides que, hasta que te cures, vas a tener que acatar mis órdenes.

Aquella misma noche, Justice se encontraba tumbado solo en la cama que solía compartir con su esposa. Estaba muy cansado, le dolía la pierna y se encontraba furioso. No quería que Maggie lo cuidara, no quería que lo tratara como si fuera uno de sus pacientes.

La que fuera su mujer se había pasado toda la tarde con él, diciéndole lo que había hecho mal y masajeándole los músculos con una eficiencia impersonal que lo había sacado de quicio.

Cada vez que le tocaba, su cuerpo reaccionaba. No había podido ocultar su erección, pero Maggie la había ignorado, lo que lo había enfurecido todavía más.

Era como si no significara nada para ella, como si sólo fuera un cliente más.

Probablemente, así fuera.

¿Y qué esperaba? Estaban divorciados.

Justice descolgó el teléfono, marcó un número de memoria y esperó impaciente.

—Quiero que se vaya ahora mismo —dijo en cuanto le atendieron.

—No.

—Maldita sea, Jefferson —se quejó Justice bajando la voz para que nadie le oyera—. No quiero que esté en mi casa. Siempre que estamos juntos, terminamos discutiendo.

—Pues lo siento mucho, pero necesitas ayuda y

sabes perfectamente que Maggie es muy buena fisioterapeuta. Si hay alguien capaz de conseguir que vuelvas a andar es ella, así que más te vale tragarte tu maldito orgullo.

Justice le colgó el teléfono a su hermano, pero no se sintió mejor.

¿Tragarse su orgullo? Pero si el orgullo era lo único que tenía, era lo que le había ayudado a superar momentos terribles. Por ejemplo, cuando Maggie lo había abandonado. No estaba dispuesto a prescindir de él ahora que era cuando más lo necesitaba.

Justice se sentó en el borde de la cama. Estaba muy enfadado. Con ayuda del bastón, se puso en pie. Le dolía mucho la pierna, lo que lo enfurecía todavía más. Con un gran esfuerzo, consiguió acercarse a la ventana. Una vez allí, escuchó algo que lo dejó helado.

Justice frunció el ceño y se giró hacia la puerta. Cuando volvió a oír lo que había oído, fue hasta allí todo lo aprisa que pudo, la abrió y miró a un lado y al otro del pasillo.

Estaba vacío.

Otra vez aquel sonido. Parecía un maullido de un gato.

Justice avanzó por el pasillo siguiendo el maullido y fue a dar delante de la puerta de la habitación que Maggie iba a ocupar mientras estuviera alojada en el rancho.

Una vez allí, ladeó la cabeza y escuchó. Percibió los ruidos normales que hacía la casa por la noche. Pasaron unos cuantos segundos. Otra vez. Volvió a oírlo. ¿Maggie estaba llorando? ¿Lo echaría de menos? ¿Se arrepentiría de haber vuelto al rancho?

Tendría que llamar a la puerta, pero, si lo hacía, Maggie podría decirle que se fuera y no tendría más remedio que obedecer, así que decidió girar el pomo.

Cuando lo hizo, sintió que el suelo se abría bajo sus pies.

Ante él tenía a Maggie con un bebé en brazos.

–Hola, Justice. Te presento a Jonas, mi hijo –le dijo ella muy sonriente.

Capítulo Cuatro

–¿Qué? ¿Quién? ¿Cómo? ¿Qué? –exclamó Justice dando un paso atrás.

–Es mi hijo, Jonas –repitió Maggie.

Justice sintió que un dolor sobrehumano se apoderaba de él. Nunca había sentido nada parecido.

Si Maggie tenía un hijo, estaba con otro hombre.

Era increíble el dolor que aquel razonamiento le produjo. Aunque se había asegurado a sí mismo que lo suyo había terminado, que su matrimonio ya era historia y se había convencido de que era lo mejor para los dos, ahora que tenía ante sí la prueba irrefutable de que Maggie había rehecho su vida el dolor era tan grande que no podía con él.

La idea de que Maggie besara a otro hombre y se acostara con otro hombre se le antojó espantosa, pero ¿qué esperaba? ¿Acaso creía que Maggie se iba a recluir en un convento después del divorcio?

No, claro que no, su Maggie tenía mucho más carácter que todo eso. Era evidente que no le había llevado demasiado tiempo rehacer su vida, tal y como demostraba la edad del niño, que debía de contar con varios meses. Eso significaba que Maggie se había ido con otro realmente rápido.

Aquello le hizo preguntarse si aquel fin de semana, el último que habían pasado juntos, ya estaría con el otro. Aquella idea se le antojó insufrible. ¿Todas aquellas horas que habían estado juntos en la cama había habido otro hombre esperándola? ¿Qué demonios significaba aquello?

A Justice le entraron unas tremendas ganas de gritar, de destrozar algo, pero no lo hizo, se lo guardó todo dentro de sí para que Maggie no se diera cuenta de lo mal que lo estaba pasando. No quería darle aquella satisfacción, no quería que su ex mujer supiera que todavía podía hacerle daño.

Era un hombre orgulloso.

–¿No tienes nada que decir? –le preguntó Maggie poniéndose en pie con el niño apoyado en la cadera.

Justice intentó mantenerse indiferente.

–¿Qué quieres que diga? ¿Quieres que te dé la enhorabuena? Muy bien, lo haré si eso te hace feliz –contestó sin mirar al pequeño.

–¿No quieres saber quién es el padre? –le preguntó Maggie acercándose lentamente.

¿Por qué estaba haciendo aquello? ¿Estaba disfrutando restregándole por la cara su nueva relación? Por supuesto que Justice sentía curiosidad por saber quién era el padre del pequeño. Sí, para ir a por él y darle una buena paliza, pero no lo iba hacer.

–No es asunto mío, ¿no? –contestó.

–La verdad es que sí que lo es –contestó Maggie girando la cabeza para plantarle un beso al niño en la frente antes de volver a mirar a Justice–. Claro que es asunto tuyo porque tú eres su padre.

Justice sintió que un dolor enorme volvía a recorrerle el cuerpo y se preguntó cuántas descargas de dolor así podría aguantar una persona en una noche.

No sabía qué se proponía Maggie, pero, fuera lo que fuese, no le iba a salir bien porque, aunque ella no lo supiera, era imposible que él fuera el padre de aquel bebé.

Claro que, por otra parte, ¿por qué demonios le iba a mentir? ¿Acaso porque el padre de verdad no estaba interesado en el niño? ¿Por eso quería convencerlo a él de que era suyo? ¿O lo haría por dinero? A lo mejor quería que Justice se hiciera cargo económicamente del pequeño.

Qué gran estupidez. De ser así, con una prueba de paternidad quedaría todo resuelto. Maggie no era tonta, lo que lo devolvió a la primera pregunta.

¿Qué se proponía y por qué?

Justice se quedó mirándola. Maggie lo miraba desafiante. Seguía sin atreverse a mirar al niño, aunque lo veía por el rabillo del ojo. Aquel niño era la prueba de que Justice había fallado a la hora de darle a Maggie lo que más ansiaba en la vida y ella se había buscado a otro hombre para conseguirlo.

El dolor volvió a apoderarse de él. Comparado con la intensidad que tenía, el dolor de la pierna era una nimiedad.

–Buen intento –comentó mirándola con frialdad.

–¿Por qué dices eso?

–Lo digo, Maggie, porque yo no soy su padre, así que deja de intentar cargármelo.

–¿Cargártelo? –se sorprendió Maggie tomando aire y abrazando al niño–. No te estoy intentando cargar nada.

–¿Ah, no? –insistió Justice sonriendo a duras penas, pues el nudo que sentía en la garganta era terrible–. Entonces, ¿se puede saber qué hace aquí?

–¡Está aquí porque su madre está aquí, idiota! –contestó Maggie acercándose un poco más.

Justice sabía que, si daba un paso atrás, corría el riesgo de caerse. ¡Eso sería la guinda del pastel!

–Mi hijo va conmigo porque soy su madre y se me había ocurrido que, a lo mejor, su padre querría conocerlo.

Aquello fue como si a Justice le dieran una puñalada. No había podido darle lo que ella más quería en el mundo y ahora verla con aquel niño en brazos lo estaba matando.

Sobre todo, porque Maggie lo miraba a los ojos mientras le mentía.

–No me lo trago, así que déjalo, ¿de acuerdo? No soy el padre de ese niño ni de ningún otro, así que, ¿a qué viene todo esto?

–¿Cómo sabes que no eres su padre? –insistió Maggie–. Míralo. ¡Míralo! Tiene los mismos ojos que tú. Tiene el mismo pelo que tú. ¡Pero si hasta es igual de testarudo que tú!

Como si supiera que estaban hablando de él, el pequeño comenzó a tirar del aro dorado que Maggie llevaba en la oreja. Mientras lo hacía, emitió un aullido de satisfacción que hizo que Justice pusiera cara de pocos amigos.

Maggie, sin embargo, se giró hacia su hijo, le quitó los deditos del pendiente y le sonrió.

–No tires, cariño –le dijo.

El bebé sonrió encantado a su madre.

El cariño con el que Maggie le había hablado a su hijo hizo que Justice lo mirara por fin.

Se trataba de un bebé de mejillas sonrosadas, ojos azules muy vivos y un mechón de pelo negro en la cabeza. Llevaba puesto un pañal y una camiseta en la que se leía *Futuro vaquero* y no paraba de mover las manos y los pies.

Justice sintió que algo se le rompía por dentro. Desde luego, si Maggie y él hubieran tenido hijos, seguro que habrían sido así.

Tal vez, por eso precisamente, Maggie creía que le iba a poder engañar. Debía de creer que, debido al parecido físico que efectivamente había entre ellos, iba a poder convencer a Justice de que aquel niño era suyo y de que no hacía falta que se hiciera las pruebas de paternidad.

¿Cómo iba a suponer Maggie que él pediría esas pruebas? Al fin y al cabo, habían estado casados y las fechas encajaban más o menos. No tenía motivos para imaginar que él no se lo iba a creer.

Claro que todo eso quería decir que el verdadero padre del pequeño los había abandonado. Aquello lo enfadó. ¿Qué clase de tipo sería capaz de dejar tirada a Maggie con un bebé?

Justice se quedó mirando al niño, que se movía arriba y abajo sobre la cadera de su madre y se reía sin parar. Si hubiera la más mínima posibilidad en el mundo de que fuera suyo, se haría cargo de él encantado, pero no era así.

Él sabía la verdad.

Maggie, no.

—Es muy guapo —comentó.

–Gracias –contestó Maggie.
–Pero no es mío.

Justice se daba cuenta de que Maggie quería contradecirlo. La conocía bien y sabía que le gustaba discutir, pero también sabía que en aquella ocasión tenía todas las de perder.

Aunque ella no lo supiera.

Era imposible que fuera el padre de Jonas porque había tenido un terrible accidente de coche diez años atrás en el que había sufrido lesiones tan graves que estuvo ingresado varias semanas y, tras varias pruebas, un médico le había dicho que lo más probable era que no pudiera tener hijos.

Así que Jonas no era suyo.

Era imposible que lo fuera.

Maggie, por supuesto, no tenía ni idea de todo aquello. Justice no se lo había contado ni siquiera a sus hermanos.

Antes de casarse, cuando Maggie había empezado a hablar de formar una familia, Justice le había dicho que no quería tener hijos. Había preferido que creyera que no quería ser padre a que lo mirara como si no fuera un hombre completo.

No le había contado la verdad entonces y no estaba dispuesto a hacerlo ahora. Seguía importándole lo que Maggie pensara de él y no quería que lo tuviera por un tullido.

No podría soportar su compasión. Ya tenía suficiente con que se le hubiera presentado en casa y estuviera viendo lo mucho que le costaba caminar.

–¿Con quién has estado, Maggie? ¿Con qué tipo

de hombre te has acostado que no quiere a su hijo? –le preguntó.

–¡He estado contigo, tonto! –contestó Maggie algo enfadada–. No te había hablado de Jonas antes porque supuse que no querrías saber nada de él.

–¿Y qué te ha hecho cambiar de parecer?

–Que estoy aquí. He venido a ayudarte y he decidido que, pase lo que pase, tienes derecho a saber de la existencia de Jonas y a saber que es hijo tuyo.

A Maggie le pareció que Justice apretaba todavía más las mandíbulas y que la miraba con mayor frialdad. Estaba haciendo lo de siempre, cerrándose en banda y dejándola fuera.

¿Por qué?

Sí, por supuesto que sabía que no quería hijos, pero había creído que, en cuanto viera a su bebé, cambiaría de parecer, que Jonas conseguiría dar al traste con la negativa de su padre a no tener familia.

Incluso había llegado a soñar con que Justice admitiera por primera vez en su vida que se había equivocado. En su sueño se había imaginado a Justice mirando a su hijo, pidiéndole perdón a ella y rogándole que se quedaran ambos a su lado para formar una familia.

Tendría que haber sabido que todo eso era imposible.

–Idiota.

–No soy idiota –contestó Justice.

–No estaba hablando contigo –contestó Maggie.

Justice estaba muy cerca de ella, pero qué lejos lo sentía.

La casa estaba en silencio, tranquila, sumida en la oscuridad. Fuera, la noche lo invadía todo, el viento del mar soplaba con fuerza, como de costumbre, haciendo que las ramas de los árboles golpearan las ventanas y el tejado.

Justice estaba a menos de treinta centímetros de Maggie. Lo tenía tan cerca que sentía el calor que emanaba de su cuerpo. Lo tenía tan cerca que le habría gustado poder apoyarse en él y tocarlo, exactamente igual que le había pasado mientras le daba el masaje hacía un rato.

Al instante, sintió que un potente calor se apoderaba de ella al recordar cómo había reaccionado Justice cuando sus manos le habían recorrido la pierna. Maggie se había dado cuenta de la erección y había tenido que hacer un gran esfuerzo para ignorarla porque lo cierto era que deseaba a aquel bobalicón.

–Mira, estoy dispuesto a pasar lo de la terapia –comentó Justice rompiendo el encantamiento–. No me gusta, pero necesito andar. Si me puedes ayudar, genial, pero para ello vas a tener que olvidarte de esas tonterías de que soy el padre de tu hijo. No quiero volver a oír nada al respecto.

–Así que quieres que mienta.

–Quiero que dejes de mentir.

–Muy bien. Nada de mentiras entonces. Jonas es hijo tuyo.

Justice apretó los dientes.

–¡Maldita sea, Maggie! –murmuró.

–No digas esas cosas delante de mi hijo –lo reprendió Maggie mirando al niño.

A pesar de que sólo tenía seis meses, era evidente que estaba confundido e incómodo con lo que estaba pasando. Tenía los ojos vidriosos y le temblaba el labio inferior como si estuviera a punto de ponerse a llorar.

–¿Crees que me ha entendido? –se rió Justice.

Maggie miró al niño y le pasó la yema del dedo índice por la barbilla para tranquilizarlo.

–No entiende las palabras, pero sí el tono de voz –le explicó a Justice–. No quiero que hables en ese tono cuando estés delante de él.

Justice tomó aire y lo soltó furioso.

–Está bien –accedió intentando calmarse–. Yo no me enfado delante del niño y tú te dejas de jueguecitos.

–Yo no estoy jugando a ningún jueguecito.

–Maggie, no sé qué te traes entre manos, pero es obvio que hay algo. Sea lo que sea, te digo desde ya que no te va a funcionar.

Maggie se quedó mirándolo y negó con la cabeza.

–Sabía que eras testarudo, Justice, pero nunca imaginé que pudieras ser tan cabezota.

–Y yo nunca imaginé que fueras capaz de serme infiel –le espetó Justice avanzando a duras penas hacia la puerta.

Maggie se quedó mirándolo, sintiendo pena por él, pues era evidente que le dolía mucho la pierna. Ver a un hombre tan fuerte e independiente apoyado en un bastón le partía el corazón. Sabía que las lesiones no eran permanentes, pero también sabía el enorme esfuerzo que estaba haciendo Justice para salir con dignidad de la habitación.

–¿Infiel? ¿Infiel yo? –se indignó.

A continuación, miró a su hijo sintiéndose culpable y le sonrió, aunque sonreír era lo último que le apetecía hacer en aquellos momentos.

No quería disgustar al bebé por culpa de un hombre que estaba ciego y que no veía la verdad ni teniéndola delante.

–No te he sido infiel jamás. Ni tampoco te estoy mintiendo.

Justice no la miró. Siguió avanzando, salió al pasillo y se alejó con su bastón golpeteando el suelo. Si quería escaparse de ella, iba a tener que correr un poco más.

Maggie salió al pasillo, se puso a su altura y lo encaró.

–Quítate del medio –le dijo Justice mirando hacia la puerta abierta de su dormitorio.

–Piensa lo que te dé la gana de mí, pero te aseguro que no me vas a ignorar –lo increpó Maggie.

Justice no se dignaba a mirarla y aquello la estaba enfureciendo todavía más. Desde luego, las cosas no estaban saliendo como a Maggie le habría gustado.

Cuando Jefferson la había llamado para que fuera a ayudar a Justice, Maggie se lo había tomado como una señal. Había creído que ésa sería la manera de volver como pareja. Creyó que había llegado el momento, por fin, de que Justice conociera a su hijo.

Pero, por lo visto, se había equivocado.

–¿Eres tan cobarde que ni tan siquiera te atreves a mirarme? –le espetó a sabiendas de que acusarlo de cobarde lograría llamar la atención de Justice.

Efectivamente, Justice se giró al instante hacia ella, le clavó sus penetrantes ojos azules y Maggie se dio cuenta de que estaba furioso.

Perfecto.

Por lo menos, estaba vivo.

–No me tires de la lengua, Maggie. Por el bien de los dos, no sigas. Si quieres que controle el tono en el que hablo cuando estoy delante de tu hijo, tú debes tener cuidado con no pasarte de la raya.

Sí, definitivamente, estaba furioso, pero debajo del enfado había dolor, y Maggie sintió una inmensa pena.

Justice no tenía motivos para sentirse dolido. Lo que le estaba ofreciendo era su hijo, no la peste.

–Justice –le dijo con amabilidad, acariciándole la espalda al bebé–. Me conoces mejor que nadie. Sabes que jamás te mentiría sobre una cosa así. Si te digo que eres el padre de Jonas, es porque es verdad.

Justice hizo un ruido parecido al bufido de un toro dejando salir el aire por la nariz con fuerza, indicando que no la creía.

Maggie se apartó, dolida e indignada. ¿Cómo era posible que no la creyera? ¿Cómo era posible que la creyera capaz de mentir en una cosa así? ¿Y aquel hombre decía quererla? ¿Aquel hombre creía conocerla y no sabía que jamás intentaría engañarlo con algo tan serio? ¿Qué tipo de marido era?

–Estoy intentando mostrarme comprensiva –continuó haciendo lo posible por no enfadarse–. Entiendo que todo esto te ha tomado por sorpresa.

–Ni te lo imaginas.

–No te lo pienso volver a repetir. No voy a luchar, no voy a pelear. No pienso obligarte a que te hagas cargo de tus responsabilidades...

–Yo siempre me hago cargo de mis responsabilidad, Maggie. Deberías saberlo.

–Y tú deberías saber que yo nunca miento.

Justice tomó aire, ladeó la cabeza y la miró.

–¿Y entonces? ¿Qué pasa? ¿Estamos empate? ¿Punto muerto? ¿Tregua armada?

–Ni lo sé ni me importa. Llámalo como quieras, pero no pienso insistir más. Si no me crees cuando te digo que Jonas es hijo tuyo, tú te lo pierdes. Hemos concebido un hijo precioso y sano entre los dos y yo lo quiero suficiente por los dos.

–Maggie...

Maggie le puso la mano en la nuca a su hijo y lo abrazó con ternura.

–Por si te preguntas por qué he tardado tanto tiempo en decirte todo esto, te diré que ha sido porque temía tu reacción. Qué raro, ¿verdad? –añadió Maggie con sarcasmo.

Justice murmuró algo que Maggie no llegó a comprender.

–La verdad, te lo digo con tristeza, es que me daba miedo que mi hijo tuviera que enfrentarse a que su propio padre lo rechazara, a que no lo quisiera.

Justice la miró con frialdad y Maggie se estremeció levemente. Pasaron un par de segundos y ninguno dijo nada. Estaban solos en el mundo los tres, pero había un muro invisible que los separaba. De un lado estaban Maggie y su hijo y, del otro, el hombre que debería haberlos recibido con los brazos abiertos.

Justice se volvió hacia el niño, que lo miraba con curiosidad. Maggie se fijó en que la expresión facial de su marido se suavizaba, pero Justice se apresuró a volver a colocar aquella cara de pocos amigos que Maggie conocía tan bien y, cuando habló, lo hizo en un tono de voz tan bajo que Maggie tuvo problemas para oírlo.

—Te equivocas, Maggie. Si este niño fuera hijo mío, lo querría.

A continuación, pasó de largo a su lado y se dirigió a su dormitorio sin mirar atrás.

Maggie sintió que se le rompía el corazón.

Capítulo Cinco

–Llévate a los terneros y a sus madres a los pastos de la orilla –le indicó Justice a su capataz tres días después–. De momento, deja a los toros jóvenes en los cañones. Procura que no se acerquen a las vaquillas.

–Sí, jefe –contestó Phil dándole vueltas a su sombrero de vaquero.

Estaba de pie delante de la imponente mesa del despacho de Justice. Tenía cincuenta y tantos años y era alto y delgado, aunque muy fuerte. Se trataba de un hombre que sabía hacer bien su trabajo y que no necesitaba que nadie le diera instrucciones. Le gustaba lo que hacía y amaba aquel rancho casi tanto como su jefe. Tenía la cara curtida como el cuero a causa de la cantidad de años que llevaba trabajando al aire libre. En la frente se veía una raya que separaba el moreno de lo blanco, consecuencia de llevar el sombrero siempre bien calado.

Phil se movió incómodo cambiando el peso del cuerpo de un pie a otro, como si estuviera deseoso de volver a salir y subirse a lomos de su caballo.

–La mayor parte del rebaño ya está en los pastos nuevos –comentó–. Se ha roto una valla en el norte, pero tengo a dos de los chicos arreglándola.

–Muy bien –contestó Justice tamborileando con

un lápiz sobre la mesa e intentando que el exceso de energía no lo desbordara.

Aquello de estar todo el día sentado lo estaba poniendo de mal humor. Si las cosas fueran como deberían ir, en aquellos momentos estaría él también a caballo, trabajando con el ganado, asegurándose de que las cosas se hacían como él quería. A Justice no le gustaba dar órdenes y esperar sentado a que se cumplieran. Prefería hacer las cosas personalmente.

Phil Hawkins era un buen capataz, pero no era el jefe.

Lo cierto era que su mal humor no procedía de no confiar en su gente. No era cierto. Estaba así porque ya no podía más. Estaba harto de verse recluido en casa.

Llevaba días sintiéndose atrapado. Maggie lo perseguía de un lado para otro, insistiéndole para hacer rehabilitación o para que nadara en la piscina climatizada o molestándolo para que utilizara el maldito bastón que tanto odiaba. ¡Pero si hasta había tenido que darle esquinazo para poder recibir a Phil a solas en su despacho y ocuparse de las cuestiones del rancho con él!

Tenía la sensación de que, fuera donde fuera, allí estaba Maggie. En otros tiempos, le habría encantado. Antes se buscaban y se fundían en abrazos y besos allí donde se encontraran, pero las cosas habían cambiado. Actualmente, Maggie lo miraba como si fuera un paciente más, alguien que se encontraba mal y a quien compadecía y quería ayudar y cuidar.

Y él no quería que lo cuidara y, aunque hubiera querido, no lo habría admitido. No le gustaba la idea de que Maggie estuviera recibiendo un sueldo a cambio de estar allí. No quería ser su paciente, no quería que lo tocara con indiferencia.

Aquel desagradable pensamiento cruzó su mente en el mismo momento en el que un punzante dolor le atravesaba la pierna como un relámpago. Le dolía tanto la pierna que apenas la podía utilizar. Llevaba tres días soportando las torturas de Maggie y no se encontraba más cerca que antes de recuperarse y de hacer vida normal.

Parecía que Maggie se estaba instalando, decidida a quedarse en el que otrora fuera su hogar. Se estaba incorporando al ritmo de la vida del rancho como si nunca se hubiera ido. Se despertaba al alba todos los días y Justice tenía la sensación de que se colocaba bien cerca para que la oyera hablar con su hijo todas las mañanas. Justice oía los gorgoritos sin sentido del niño, oía los ruiditos de aquel mundo al que él no pertenecía.

Maggie estaba en todas partes. Ella o el niño. O los dos. Justice la oía reírse con la señora Carey, olía su perfume en todas las habitaciones y la veía jugar con el bebé.

El niño y ella se habían adueñado de su casa.

Prueba de ello era que había juguetes por todas partes, un andador con campanitas, un aparato que silbaba y cantaba canciones infantiles, un pollo chillón, un perro gritón y un osito de peluche que soltaba cancioncitas sobre amor y compartir y cursiladas por el estilo.

Aquella misma mañana había estado a punto de matarse al bajar las escaleras cuando su bastón había tropezado con un balón con cara de payaso.

Y había cuentos de tela y de papel y pañales por todas partes. Por lo que pudiera suceder porque aquel bebé necesitaba mil pañales al día. ¿Y para qué tantos cuentos? ¡Pero si el mocoso no sabía leer!

–Eh, jefe...

–¿Sí? –contestó Justice saliendo de sus pensamientos–. Perdón, estaba pensando en otra cosa. Dime.

Lo que faltaba. Ahora resultaba que estaba pensando en aquella maldita mujer y en su hijo y no podía concentrarse en las cuestiones del rancho.

Phil sabía perfectamente en lo que estaba pensando su jefe, pero fue lo suficientemente inteligente como para no decir nada.

–Los pastos del sector este están muy bien. Todo ha salido bien, como usted dijo.

–Buenas noticias –contestó Justice en tono ausente.

Habían replantado aquellos pastos utilizando una especie de hierba más fuerte. Si todo iba bien, el rebaño podría dar buena cuenta de esa zona en unos meses.

Tener un rancho ecológico era más trabajo, pero Justice estaba convencido de que merecía la pena. Los vaqueros que trabajaban para él pasaban buena parte de la jornada cambiando a los animales de pastos, cuidando la hierba y al ganado. Sus reses no estaban confinadas en pequeños espacios como celdas sin poder moverse y comiendo pienso a la fuerza.

El ganado King vivía al aire libre, como debía ser.

Las terneras no estaban hechas para comer maíz, por Dios. Eran animales destinados a ramonear los pastos, a disfrutar del aire y del sol. Era muy importante que los animales se movieran y se ejercitaran. Así su carne estaba más tierna y sabrosa y se podía vender a un precio más alto.

Justice tenía casi veinticinco mil hectáreas de pastos de primera junto a la costa y otras quince mil junto al rancho de su primo Adam en el centro de California.

Había realizado el cambio hacia la ganadería ecológica hacía diez años, en cuanto se había encargado de la dirección del rancho King. A su padre no le había interesado mucho la diferencia, pero Justice había tenido claro desde el principio que quería hacerlo así.

Estaba seguro de que, con el tiempo, podría expandir el negocio, adquirir más tierra y abrir su propio negocio cárnico.

Ojalá su padre hubiera vivido para ver lo que había logrado, pero sus padres habían muerto en el mismo accidente que a él lo había dejado incapacitado para formar una familia, así que tenía que contentarse con saber que había añadido mucho a lo que había recibido como herencia y que su padre se habría sentido orgulloso.

–Ah, y nos han hecho otra oferta por Caleb –comentó Phil.

–¿De cuánto?

–Treinta y cinco mil.
–No. Caleb es un semental muy bueno. No vale eso. Si la persona interesada en comprarlo quiere adquirir crías suyas, adelante, pero no le vamos a vender a nuestro mejor semental.
–Eso le dije –sonrió Phil.

Algunos rancheros de la competencia creían que la carne de Phil era mejor porque sus toros eran mejores y se pasaban el día intentando comprarle a los machos. Eran perezosos y estúpidos y no querían darse cuenta de que por tener unas cuantas terneras nuevas no iban a cambiar nada. Si querían obtener los resultados que Justice obtenía, iban a tener que hacer el mismo esfuerzo que él e iban a tener que reconvertir sus propiedades ganaderas extensivas en ranchos ecológicos.

En aquel momento, llamaron suavemente a la puerta, que se abrió casi inmediatamente. Ambos hombres se giraron y miraron a Maggie, que llevaba unos vaqueros desgastados y una camiseta del Rancho King en azul marino que hacía que le brillaran los ojos como zafiros.

–¿Habéis terminado? –les preguntó mirando a Phil.
–Sí, señora –contestó el capataz.
–No –contestó Justice.
–¿En qué quedamos? –insistió Maggie mirando a su marido.

Justice frunció el ceño y miró a su capataz con cara de pocos amigos. Phil se encogió de hombros sintiéndose culpable.

–Hemos terminado de momento –admitió Justice a regañadientes.

–Bien. Entonces, vamos a hacer los ejercicios –anunció Maggie dirigiéndose a su escritorio.

–Entonces, me vuelvo al trabajo –se despidió Phil avanzando hacia la puerta–. Me alegro de volver a verte, Maggie.

–Lo mismo digo, Phil –contestó Maggie dedicándole una de aquellas sonrisas radiantes que a Justice no le dedicaba hacía tiempo–. No ha cambiado nada –comentó una vez a solas con Justice.

–Es que tampoco has estado fuera tanto tiempo.

–A mí se me ha hecho una vida entera.

–Ya...

A Justice no le hacía ninguna gracia que Maggie entrara en su despacho. Aquél era su santuario, su lugar privado, la única habitación de la casa que no había quedado impregnada por su olor.

Demasiado tarde.

Mientras Maggie se paseaba lentamente acariciando el lomo de piel de los libros, Justice pensaba que, a partir de aquel momento, la vería allí, la olería cuando estuviera allí sentado, sentiría su presencia. Cerraría los ojos y se la imaginaría con él, oiría su voz, vería el vaivén de sus caderas y los rayos del sol entrando por la ventana y arrancando destellos de fuego de sus cabellos rojizos.

Justice se arrebujó incómodo en su butaca.

–Si no te importa, tengo muchas cosas que hacer. No quiero que se me amontone el trabajo, así que hoy no voy a hacer los ejercicios.

Maggie lo miró como habría mirado a un chiquillo que intenta saltarse las clases.

–De eso nada, pero si estás harto de la rutina podemos cambiar la rehabilitación. En lugar de hacer media hora en la cinta de correr, iremos a dar un paseo por el rancho.

A Justice le pareció un cambio maravilloso, pues odiaba aquella maldita máquina de correr. ¿Para qué demonios servía cuando fuera había un mundo entero para recorrer? ¿Por qué conformarse con quedarse dentro de casa corriendo sobre una cinta cuando se podía salir al aire libre y disfrutar de un buen paseo? Además de la cinta de correr, Maggie le hacía apoyarse en la pared y hacer ejercicios respiratorios y de equilibrio, pero siempre dentro. Justice se sentía como una rata de laboratorio que pasaba de una prueba a otra y no avanzaba en absoluto.

La idea de salir le parecía fantástica. Para empezar, porque una vez fuera el perfume de Maggie se disiparía en el aire, se lo llevaría el viento.

–Muy bien –contestó poniéndose en pie y rodeando la mesa.

Maggie se acercó y le pasó el bastón. Justice lo aceptó. Al hacerlo, sus dedos se rozaron y Justice sintió un incendio en sus entrañas, se apresuró a retirar la mano y a agarrar la empuñadura del bastón con fuerza para ir hacia la puerta.

–Andas mejor –comentó Maggie.

Justice sintió que la irritación se apoderaba de él. No hacía mucho tiempo Maggie solía mirarlo cuando se daba la vuelta, pero por razones muy diferentes.

–Sí, me sigue doliendo mucho, pero voy un poco mejor.

–Vaya, gracias por la parte que me toca.

–Sí, hablando de eso, como me encuentro mejor quizás podamos reducir la terapia –comentó Justice girándose hacia ella.

–Buen intento –contestó Maggie pasando a su lado y saliendo al pasillo.

Ahora le tocaba a Justice mirarla por detrás y, desde luego, él no se iba a fijar en si andaba mejor o peor sino, directamente, en su trasero. De repente, se dio cuenta de que no llevaba al niño en la cadera como de costumbre.

–¿Y no tienes que cuidar de…?

–¿Jonas?

–Sí.

–Se lo he dejado a la señora Carey. Le encanta estar con él –contestó Maggie avanzando por el pasillo de suelo de madera–. Dice que le recuerda tanto a ti que no se lo puede creer.

Justice frunció el ceño. Maggie solía hacer uno o dos comentarios como aquél al día. No se había dado por vencida. Intentaba hacerle ver lo que en realidad no existía, una conexión entre su hijo y él.

Mientras se ponía el sombrero que tenía colgado junto a la puerta principal, Justice pensó en que debería decírselo de una vez y acabar con todo aquello.

Sí, debería decirle que era estéril.

Entonces, Maggie no tendría más remedio que dejar de jugar al jueguecito que se traía entre manos y él no tendría que seguir aguantando aquella situación, pero, entonces, Maggie lo sabría todo, sabría por qué la había dejado marchar, por qué le había mentido, por qué no se sentía un hombre completo, por qué no había podido darle lo que ella más ansiaba en la vida.

No, imposible. Si le contara la verdad, Maggie se apiadaría de él y Justice no podría soportarlo.

Prefería que pensara que era un canalla.

Maggie se quedó escuchando los pasos inciertos de su marido, que avanzaba por el pasillo detrás de ella, y lo esperó en el porche. Se tomó aquellos instantes para admirar la belleza de las tierras que tenía ante sí. Había echado mucho de menos aquel lugar, casi tanto como había echado de menos a su propietario. El jardín estaba impecable, los lechos de flores bullían de color y los mugidos de las vacas cercanas se le antojaron una preciosa sinfonía.

Durante un par de segundos, sus pensamientos y sus preocupaciones se esfumaron, desaparecieron como si jamás hubieran existido. Maggie tomó aire profundamente y sonrió a dos de los perros, un chucho y un labrador, que estaban jugando a perseguirse por el jardín. Luego, al sentir que Justice llegaba, la tensión volvió a apoderarse de ella y la sintió asentarse en la boca del estómago.

Siempre que Justice estaba cerca de ella lo sentía en lo más profundo de su ser. Aquel hombre tocaba algo en su interior que ningún otro ser humano podía tocar y, cuando estaban separados, notaba su ausencia, pero sentirse unida y conectada a un hombre que evidentemente no sentía lo mismo por ella era la receta perfecta para sufrir.

—Qué bonito está todo –murmuró Maggie.
—Sí.

La voz grave y profunda de Justice recorrió la columna vertebral de Maggie, haciendo que su sistema nervioso se pusiera alerta. ¿Por qué tenía que tener la mala suerte de que fuera aquel hombre el que la hiciera sentirse así?

Al girarse para mirarlo, Maggie comprobó que Justice no estaba mirando el rancho, sino que la estaba mirando a ella. Al instante, sintió que las rodillas se le convertían en algodón y tuvo que hacer un gran esfuerzo para que no se le doblaran.

Tendría que ser ilegal que aquel hombre pudiera mirarla así. Y menos mal que no le sonreía a menudo, porque su sonrisa era completamente mortal.

—Te encantaba vivir aquí –comentó Justice observando también a los perros, que seguían jugando.

—Sí –admitió Maggie tomando aire.

Desde el primer momento, desde la primera vez que había pisado aquel rancho, se había sentido como en casa. Era como si aquel lugar la hubiera estado esperando. A Maggie siempre le había encantado la sensación de mirar hacia el campo desde el porche, sintiéndose completamente conectada con la naturaleza y sabiendo que le bastaba recorrer unos kilómetros por la autopista para llegar a la ciudad.

En el rancho el tiempo no se había parado, pero todo iba más lento y Maggie siempre había pensado que sería el lugar perfecto para criar a sus hijos, siempre había imaginado a cuatro o cinco chiquillos corriendo y riéndose por el jardín, corriendo hacia Justice y hacia ella en busca de besos y abrazos y creciendo aprendiendo a amar aquel rancho tanto como su padre.

Pero aquellos sueños se habían evaporado la noche en la que se había ido del rancho hacía unos meses.

Ahora no era más que una visita apenas tolerada y Jonas jamás sabría lo que era crecer entre los recuerdos de su padre.

Ni siquiera crecería con su amor.

Justice no solamente le daba la espalda a ella todo lo que podía, sino que hacía todo lo que estaba en su mano por alejarse del niño que habían creado entre los dos y eso era algo que Maggie no podía perdonarle. Ni siquiera lo entendía. Justice siempre había sido un hombre duro, pero también un hombre entregado a la familia, a sus hermanos y al rancho que había heredado de sus padres.

Entonces, ¿por qué le daba la espalda a su propio hijo?

Durante los tres días que llevaban allí, había hecho lo imposible para no estar en la misma habitación que el niño. Maggie sentía que se le rompía el corazón, pero no quería obligarlo. Podría haberlo hecho, pero no quería hacerlo. No quería obligarlo a hacerse cargo de Jonas porque, entonces, no lo haría por voluntad propia y no significaría nada.

Por eso había decidido comportarse como una fisioterapeuta y esconder sus sentimientos aunque se estuviera muriendo.

–Aunque te encantaba este sitio, te fuiste –comentó Justice.

–Sí –contestó Maggie–. No podía ser de otra manera.

Justice negó con la cabeza y frunció el ceño.

–Elegiste irte. Podrías haberte quedado.

–No pienso volver a tener la misma discusión de siempre, Justice.

–Yo tampoco –contestó él encogiéndose de hombros–. Sólo te lo estoy recordando.

Maggie tomó aire lenta y profundamente y se dijo que debía controlarse, que no debía permitir que Justice la molestara. No era fácil, pues su marido sabía exactamente cómo sacarla de quicio. Aunque le habría encantado dejar salir su rabia y su furia diciendo lo que estaba pensando, sabía que no le serviría de nada.

–Vamos a andar.

Dicho aquello, se giró hacia Justice para ofrecerle el brazo y que pudiera bajar los escalones, pero Justice la ignoró.

–No soy un inválido, Maggie. No me hace falta apoyarme en ti para andar. Te recuerdo que eres la mitad que yo.

–Y yo te recuerdo que tengo experiencia y formación en tratar pacientes que no pueden valerse por sí mismos. Soy mucho más fuerte de lo que parezco. No debes olvidarlo.

–No soy uno de tus pacientes –protestó Justice mirándola iracundo.

–Lo cierto es que sí lo eres –contestó Maggie notando que estaba empezando a perder la paciencia.

–Pues no lo quiero ser... ¿es que no lo entiendes?

Aunque la estaba mirando con una frialdad terrible, Maggie estaba acostumbrada a aquel tipo de actitudes.

–Sí, Justice, lo entiendo perfectamente. No te has molestado mucho en ocultar la poca gracia que te hace que esté aquí, así que lo entiendo perfectamente.

Justice sonrió satisfecho.

–Y, aun así, no te vas a ir, ¿verdad?

–No, no me voy a ir. No me pienso ir hasta que estés bien.

–Ya estoy mejor.

–Pero no completamente recuperado, y lo sabes, así que cállate y vamos allá.

–Eres la mujer más testaruda que he conocido en mi vida –murmuró Justice apoyándose en el bastón y bajando los escalones.

En cuanto lo vieron, los dos perros alzaron las orejas y corrieron hacia él.

Maggie se asustó por si lo tiraban y se apresuró a acercarse, pero no fue necesario.

–Angel, Spike –les dijo Justice chasqueando los dedos.

Al instante, los dos perros se tumbaron y se quedaron mirándolo.

Maggie sonrió, se arrodilló a su lado y los acarició.

–Se me había olvidado lo bien que se te dan los perros –comentó–. Siempre te obedecen.

–Es una pena que este don que tengo con los animales contigo no me sirviera de nada.

Maggie se irguió y lo miró a los ojos.

–Ya sabes que yo no obedezco a nadie, ni a ti ni a ningún otro hombre.

–Te aseguro que no te habría obligado a hacer cabriolas.

–¿Ah, no? ¿Y qué orden habrías utilizado conmigo si hubieras podido?

Justice se quedó pensativo y apartó la mirada, que se dirigió hacia el horizonte.

–Quieta… Espera… Quédate…

Capítulo Seis

Al oír aquello, Maggie sintió ciertos remordimientos en su interior. De repente, mientras observaba que Justice se alejaba, le dolió todo el cuerpo.

–¿Me habrías pedido que me quedara? –le preguntó anonadada–. ¿Y me lo dices ahora?

Justice no contestó, se limitó a seguir andando, lentamente. La única señal de que estaba emocionalmente revuelto era que se aferraba al bastón. Maggie apretó los dientes con fuerza. Aquel hombre la sacaba de quicio. Era evidente que Justice se arrepentía de lo que había dicho.

Cuando Maggie se había ido de casa y se había separado de él, con el corazón completamente roto, Justice la había dejado ir sin decir absolutamente nada, y Maggie había tenido siempre la sensación de que, en realidad, no le importaba. Solía decirse que su matrimonio no era lo que ella creía, que el sueño de formar una familia al que estaba renunciando había sido una fantasía y no una realidad.

Estaba convencida de que Justice no la quería tanto como ella a él si la dejaba marchar sin hacer ni decir nada.

Luego, unos meses después, habían pasado un

fin de semana juntos, el último, aquél en el que había sido concebido Jonas. Aun así, Justice había dejado que se fuera, se había escondido en su interior y había dado cerrojazo a sus pensamientos y a sus emociones. Al hacerlo, había dado al traste de nuevo con los sueños de Maggie.

Ni siquiera en aquella ocasión Maggie había sido capaz de presentar la demanda de divorcio aun cuando Justice le había devuelto los papeles firmados que ella le había enviado previamente. Maggie los había guardado en un cajón, había disfrutado de su embarazo, había parido a su hijo y había esperado con la ilusión de que Justice la buscaría.

Naturalmente, no lo había hecho.

—¿Cómo fuiste capaz de hacer una cosa así? ¿Cómo fuiste capaz de dejar que me marchara si querías que me quedara? —murmuró—. ¿Por qué? No me dijiste ni una sola palabra. Ninguna de las dos veces.

Justice se paró en seco y los perros se pararon a su lado. Maggie tuvo la sensación de que todo se paraba, de que el mundo dejaba de girar.

—¿Y qué querías que dijera? —le preguntó apretando las mandíbulas con amargura.

—Me podrías haber dicho que me quedara.

—No —contestó Justice encaminándose de nuevo hacia los establos—, no podía decirte eso.

Maggie suspiró y avanzó detrás de él hasta situarse a su lado con pasos lentos, para ir a su velocidad. Mientras lo hacía, pensó que era evidente que Justice jamás le pediría que se quedara.

—Claro, ¿cómo me ibas a pedir que me quedara,

eh? El gran Justice King –se quejó dando una patada al polvo–. Tú no quieres que nadie sepa que eres capaz de sentir.

Justice se volvió a parar y se giró hacia ella.

–Siento como cualquier ser vivo, Maggie –le dijo–. Tú deberías saberlo mejor que nadie.

–¿Y cómo quieres que lo sepa? Nunca verbalizaste tus sentimientos –se lamentó Maggie elevando las manos y volviéndolas a dejar caer–. Nos lo pasábamos muy bien juntos, nos reíamos y hacíamos el amor, pero jamás me dejaste penetrar en tu interior. Ni una sola vez.

–Te equivocas –contestó Justice mirándola con un brillo especial en los ojos–. Lo que pasa es que no te quedaste el tiempo suficiente para darte cuenta.

¿Sería cierto? Maggie no estaba segura. Al principio de su matrimonio, todo había sido fuego y pasión entre ellos. Se pasaban el día entero haciendo el amor, cabalgando a caballo durante horas, pasando días enteros de lluvia en la cama. En aquella época, Maggie le habría dicho a cualquiera que le hubiera preguntado que Justice y ella era realmente felices.

Pero ahora era muy consciente de que no había hecho falta mucho para dar al traste con los cimientos de aquello que habían compartido, así que no debía de haber sido cierto.

Maggie sintió que los hombros se le caían y miró a Justice, que se había girado de nuevo y avanzaba hacia los establos. Él, sin embargo, se mantenía recto y alto, como si no quisiera que nada de aquello le afectara. Él siempre tan fuerte.

«Qué típico», pensó Maggie.

Justice King no admitía jamás una debilidad, jamás pedía a nadie nada, ni siquiera ayuda... aunque la estuviera necesitando. Eso habría sido admitir que necesitaba ayuda, y él estaba acostumbrado a depender única y exclusivamente de sí mismo. Habría sido como una rendición. Maggie lo había sabido desde el principio de su relación, pero todavía ansiaba que las cosas hubieran sido diferentes.

Aunque no quería admitirlo, estaba conmocionada, pero se dijo que debía apartar aquellos turbulentos pensamientos para analizarlos a solas en otro momento, así que tomó aire profundamente y se obligó a hablar con alegría y a cambiar de tema.

–¿Y qué hacen Spike y Angel aquí en lugar de estar fuera con el rebaño? –preguntó.

Justice se quedó pensativo, como si agradeciera el nuevo rumbo de la conversación.

–Estamos entrenando a dos perros nuevos, y Phil pensó que era mejor dejar a estos dos descansando un par de días hasta que los otros, los cachorros, se hayan habituado.

Maggie había sido la esposa de un ranchero tiempo suficiente como para saber el valor de los perros pastores. Cuando aquellos perros trabajaban con el ganado, podían acceder a lugares a los que un vaquero a caballo no tenía entrada. Un buen perro podía hacer que el rebaño se moviera sin asustar a las reses y sin provocar una estampida que podría resultar fatal tanto para los animales como para los vaqueros. Aquellos perros estaban bien entrenados y los vaqueros los mimaban hasta la saciedad. Maggie recordaba una ocasión en la que le había tomado el pelo a Justice diciéndole que los rancheros habían copiado a los pastores, que habían sido los primeros en emplear perros en su trabajo. No pudo remediar sonreír al recordar lo que había sucedido después. Justice la había perseguido por toda la casa, la había atrapado en la planta de arriba, riéndose, y la había llevado al dormitorio, donde había pasado varias horas intentando convencerla para que retirara lo que había dicho, pues ningún ranchero en su sano juicio admitiría jamás que había aceptado consejos de los pastores y, menos que nadie, él.

Spike y Angel se adelantaron a Justice y a ella y entraron en los establos, cuyas puertas estaban abiertas. Los establos tenían dos plantas y era un edificio de madera, como la casa principal.

–¡Eh, vosotros dos, fuera de ahí! –exclamó alguien desde dentro.

Casi al instante, ambos perros salieron corriendo. De haber sido niños, seguro que habrían salido riéndose también.

–¿Y eso? –le preguntó Maggie a Justice observando cómo los dos perros se sumergían en el tanque de agua que utilizaban los perros pastores para bañarse.

–Mike tiene una vaca y un ternero dentro y supongo que no querrá que los perros se acerquen demasiado –contestó Justice entrando en los establos y dirigiéndose al último compartimento de la derecha. Una vez allí, apoyó el brazo sobre la puerta de madera y observó al veterinario que examinaba con manos expertas al ternero de casi tres meses.

–¿Cómo va? –le preguntó.

–Mejor –contestó Mike sin levantar la vista de lo que estaba haciendo–. La herida va bien, así que tanto él como su madre podrán salir a pastar mañana –añadió mirando a Justice y sonriendo al ver a Maggie–. Vaya, cuánto me alegro de verte de nuevo por aquí, Maggie.

–Gracias, Mike.

No era el primer vaquero que le daba la bienvenida y se alegraba sinceramente de verla. De hecho, parecían más contentos de tenerla de nuevo por allí que su propio marido.

–¿Qué le ha pasado a este chiquitito? –preguntó entrando con cautela en el compartimento, muy pendiente de la madre del herido.

Una vez dentro, se arrodilló junto al ternero. Como la mayor parte de las reses de Justice, se trataba de un angus negro, así que tenía el pelaje negro y unos enormes ojos marrones que la miraban con curiosidad.

–No lo sabemos a ciencia cierta –contestó Mike–. Uno de los chicos lo vio cojeando y lo trajo a los establos. En cualquier caso, parece que se está curando muy bien.

El ternero lucía el emblema del rancho King en uno de sus flancos. A juzgar por el tamaño que tenía iba a ser un ejemplar bien grande. Eso quería decir que en todo su esplendor llegaría a pesar quinientos kilos, pero en aquellos momentos no era más que una cría que necesitaba a su madre, que lo abastecía de comida y de cuidados.

El establo olía a heno, cuero y animales, un olor

que a Maggie le resultaba familiar y agradable. Cualquiera lo habría dicho antes de conocer a Justice y de casarse con él, pues hasta entonces había sido una urbanita convencida. En aquella época, lo que más le gustaba del mundo era un buen centro comercial lleno de gente. De pequeña jamás le había gustado salir a la naturaleza, y alojarse en un motel le parecía lo más cercano a acampar al aire libre que estaba dispuesta a llegar.

Y, aun así, vivir en el rancho se le había hecho realmente fácil. ¿Habría sido porque estaba enamorada de Justice o porque, por fin, su corazón había dilucidado cuál era su verdadero hogar?

«¿Y qué más da ya?», se preguntó con tristeza.

–Hasta luego, Mike –se despidió del vaquero agarrando a Justice del brazo–. Venga, que tenemos que seguir andando. Te recuerdo que estamos haciendo rehabilitación.

–No me había dado cuenta de que fueras tan mandona –murmuró Justice mientras salían de los establos y se dirigían a rodear la casa principal.

–Pues será que no me prestabas atención, porque siempre he sido así –contestó Maggie.

Se dio cuenta de que Justice avanzaba con dificultad y se adecuó a su paso, más lento. Justice se dio cuenta aunque no dijo nada. Maggie sabía que todo aquello se le tenía que estar haciendo muy duro, pues no estaba acostumbrado a depender de los demás. Además, era consciente de que le tenía que doler la pierna aunque preferiría morir antes de admitirlo. Maggie decidió iniciar otra conversación para que Justice tuviera algo que lo distrajera del dolor.

–Phil ha dicho que habíais plantado hierba nueva, ¿no? –le preguntó sabiendo que a Justice le gustaba hablar del rancho.

Así se enfrascaría en la conversación y no se daría cuenta del dolor.

–Sí, en los pastos de arriba –contestó Justice girando al llegar a uno de los recodos de la casa principal para adentrarse en una rosaleda que había plantado su madre–. Con el sistema de rotación, el rebaño va cambiando de pastos continuamente. Si la hierba aguanta bien y llueve un poco, esa zona habrá crecido para el invierno y podremos llevar al rebaño allí.

–Buena idea.

–Ha sido un riesgo sacar al rebaño de ahí tan pronto, pero queríamos probar nuevas variedades de hierba y teníamos que hacerlo con tiempo suficiente como para dejar que prendiera y creciera antes del invierno y… –Justice se interrumpió de repente, miró a Maggie y sonrió inesperadamente–. Estás intentando que no piense en la pierna, ¿verdad?

–Sí, la verdad es que sí –admitió Maggie disfrutando de aquella sonrisa–. ¿Ha dado resultado mi estratagema?

–Sí –contestó Justice–, pero no voy a seguir hablándote de los nuevos pastos porque no quiero que te quedes dormida de pie.

–Me parece un tema de conversación muy interesante –protestó Maggie.

–Ya. Por eso se te cierran los ojos.

Maggie suspiró.

–Está bien, confieso que no es lo que más me interesa del mundo, pero prefiero que hables de los pastos a que pienses en la pierna.

Justice se paró, se llevó la mano al muslo y se lo masajeó como si le doliera mucho. A continuación, elevó los ojos al cielo.

–Estoy cansado de pensar en la pierna, estoy cansado del bastón y de estar encerrado en casa cuando preferiría salir y trabajar en el rancho.

–Justice...

–No pasa nada, Maggie –la tranquilizó él–. Lo único que estoy diciendo es que estoy impaciente.

Maggie asintió. Lo comprendía perfectamente. No era la primera vez que veía a un paciente inquietarse. Era muy normal que les sucediera a los hombres aunque algunas mujeres también tenían aquella reacción. Se trataba de personas que tenían la sensación de que su vida se iba a romper en pedazos si ellos no estaban para controlarlo todo. Estaban convencidos de que ellas eran las únicas capaces de hacerse cargo de las empresas, de las casas y de los niños, personas sanas a las que les costaba mucho aceptar ayuda. Sobre todo porque eso implicaba que eran prescindibles aunque fuera de manera temporal.

–La rosaleda está preciosa –comentó Maggie.

Justice giró la cabeza para mirar.

–Sí, es cierto, las rosas están a punto de florecer.

Maggie comenzó a avanzar por el sendero de tierra a cuyos lados había ladrillos de color crema. El perfume de las rosas era embriagador, y Maggie tomó aire profundamente y se llenó los pulmones con ese maravilloso aroma.

La rosaleda estaba situada a espaldas de la casa principal y se accedía a ella por un enorme patio. ¡Cuántas veces había desayunado Maggie en la mesa de la cocina, mirando aquellas rosas que su suegra tanto había amado, por lo que le había contado Justice!

La rosaleda estaba dispuesta en espiral. Cada círculo de la espiral era de un olor y tipo de rosa diferente. Gracias a la madre de Justice aquella parte del jardín se convertía en un mundo mágico durante la primavera y el verano. Maggie sabía que las rosas no tardarían en florecer.

Se giró hacia Justice. Detrás de ellos estaba la casa, con las ventanas reflejando los rayos del sol. A la derecha había un banco de piedra y se oía el rumor del agua en la fuente que había en mitad de la rosaleda.

Justice la estaba observando con los ojos entrecerrados, y Maggie se preguntó qué estaría pensando, qué vería cuando la miraba. ¿Se arrepentiría él también de que se hubieran separado? ¿Pensaría en ella como parte de aquel hogar y de aquella rosaleda o preferiría no volver a verla?

Aquella última posibilidad la llenó de tristeza, así que la apartó de su mente y cambió de tema de nuevo.

–¿Te acuerdas de aquella tormenta de verano?

–Claro –contestó Justice sonriendo–. Como para olvidarla–. Después de esa tormenta fue cuando decidimos poner estos ladrillos –añadió golpeando uno de ellos con la punta del pie.

–Sí, llovía tanto que las raíces de los rosales se estaban quedando al descubierto –comentó Maggie recordando la rosaleda tal y como había sido en aquella época–. Había llovido tanto que la tierra ya no podía absorber más agua –añadió rememorando que Justice y ella habían decidido salvar la rosaleda de su madre fuera como fuese–. Nos pasamos dos horas corriendo en el barro para asegurarnos de que los rosales estuvieran bien.

–Y conseguimos salvarlos.

–Sí –contestó Maggie–. ¿Te acuerdas de cómo lo celebramos?

Justice se quedó mirándola fijamente, y Maggie sintió un gran calor por todo el cuerpo.

–¿Te refieres a cómo hicimos el amor cubiertos de barro, riéndonos como locos?

–Sí, a eso me refiero –contestó Maggie dando un paso hacia él.

El pasado se mezclaba con el presente, los recuerdos se mezclaban con la necesidad actual. Maggie sintió que la boca se le quedaba seca, que las entrañas se le derretían y que el pulso se le aceleraba de deseo y pasión. Recordaba perfectamente las caricias de Justice, su boca, su peso, la textura de la tierra mojada en la que estaba apoyada, recordaba perfectamente que no había pasado frío, que ni siquiera se había dado cuenta de que estaba lloviendo.

Porque en aquellos momentos lo único que le importaba era Justice.

Hay cosas en la vida que no cambian.

El sol brillaba con fuerza en el cielo primaveral. Cada uno de ellos se encontraba a un lado de un enorme muro. Se suponía que estaban separados y que la única razón por la que Maggie estaba en el rancho era que Justice necesitaba que lo ayudara a curarse.

Daba igual.

Maggie dio otro paso hacia él, y Justice se acercó sin dejar de mirarla a los ojos. Era tal la intensidad de su mirada que Maggie comenzó a acalorarse seriamente. En sus ojos se veía muy claro lo que Justice quería. Maggie estaba segura de que también su rostro revelaba su deseo. Lo deseaba. Siempre había sido así y, probablemente, siempre lo sería.

Estar de nuevo allí, rodeada por los recuerdos estaba haciendo que aquel deseo se acrecentara, lo estaba magnificando con los recuerdos del pasado, pero no le importaba.

Maggie alzó una mano, le acarició la mejilla, sintió su incipiente barba y Justice cerró los ojos, suspiró y se acercó un poco más.

—Maggie...

En aquel momento, los gritos de un bebé los apartaron.

Maggie dio un respingo y vio a la señora Carey, que se acercaba con Jonas en brazos. Al verlo, abrió los brazos para darle la bienvenida y el niño se abalanzó sobre ella.

—Perdón, no os quería interrumpir, pero Jonas te ha visto por la ventana y se ha puesto como loco —se disculpó la mujer.

—No pasa nada, señora Carey —contestó Maggie acariciándole la espalda a su hijo para calmarlo.

La mujer estaba realmente apesadumbrada por haber interrumpido aquel momento, pero Maggie pensó que, tal vez, hubiera sido mejor así. Tal vez, si Justice y ella se hubieran dejado llevar por los recuerdos, lo único que habrían conseguido habría sido complicar todavía más las cosas.

Jonas se calmó, levantó la cabeza del hombro de su madre y sonrió.

—Muy bien, jovencito –sonrió Maggie.

Jonas tomó aire, se agarró a uno de los pendientes de Maggie y sonrió encantado a Justice y a la señora Carey, como diciendo: «Mi mamá es mía y me hace caso cuando yo quiero».

Justice se apartó y se sentó en el banco de piedra.

—No voy a seguir andando, Maggie –le dijo–. ¿Por qué no te vas dentro con el niño?

La señora Carey puso tal cara que a Maggie le entraron ganas de reírse. Si la situación no hubiera sido tan rara, lo habría hecho. Allí estaba su marido, el muy cabezota, sentado a un par de metros de su hijo, sin querer aceptarlo, escondiéndose, dejando al mundo fuera.

Y Maggie ya estaba harta.

—Jonas, ¿quieres ir con tu papá? –le preguntó al niño.

Justice levantó la cabeza sobresaltado.

—No soy su padre –le recordó enfadándose.

—Mira que eres testarudo, cabezota e idiota –murmuró la señora Carey–. No quieres reconocer la verdad ni teniéndola delante.

—¿Has olvidado para quién trabajas? –contestó Justice sin apartar la mirada de Maggie y del niño.

—Tengo muy claro para quién trabajo –contestó la señora Carey–. Me voy a la cocina a preparar la cena.

Una vez a solas, Maggie se quedó mirando a Justice. Había tomado una decisión. Iba a obligar a Justice a reconocer a su hijo. Se acabó el dejar que se saliera con la suya, el permitir que ignorara al niño, el hacer como que no le importaba que saliera de la habitación en la que estaba en cuanto entraban ellos.

–Ven aquí, cariño, ven con tu padre –insistió dejando a Jonas en el regazo de Justice antes de que a éste le diera tiempo de reaccionar.

Tanto el adulto como el niño se quedaron alucinados. Encima, eran tan parecidos que a Maggie le dio por reírse.

Justice ni se dio cuenta. Estaba tan aterrorizado mirando al niño que tenía encima como si fuera una bomba, que no tenía ojos para otra cosa. Lo cierto era que esperaba que el pequeño se pusiera a protestar por estar con un desconocido, pero Jonas lo miró y sonrió.

Justice se dio cuenta entonces de que tenía dos dientes abajo y de que se le caía la baba por la barbilla. Tenía los ojos azules y el pelo negro y sus brazos y piernas regordetes se movían rápidamente.

Justice le puso una mano en la espalda para que no se cayera y sintió el rápido latido de su corazón. Llevaba días ignorando al niño, evitándolo, diciéndose que no era asunto suyo. No quería tocarlo ni que Jonas lo tocara, no había querido ni mirarlo porque le recordaba que Maggie había conseguido lo que más ansiaba en la vida con otro hombre.

Mantenerse alejado le había resultado mucho más fácil.

Sin embargo, ahora, se daba cuenta de que se había comportado como un cobarde por primera vez en su vida. Había huido del niño y de lo que significaba para salvar el trasero, para protegerse.

¿En qué lugar le dejaba aquello?

Jonas se rió, y Justice se giró hacia Maggie, que los estaba observando con lágrimas en los ojos. Justice sintió que el corazón le daba un vuelco y, durante un segundo, se permitió pensar que era verdad, que Maggie y él estaban juntos de nuevo, que Jonas era su hijo.

Entonces, oyó un coche que se aproximaba y un momento después un motor que se apagaba junto a la puerta principal. Acto seguido, una puerta que se abría y se cerraba y antes de que le diera tiempo de preguntarse quién sería, la señora Carey anunció la visita:

—¡Han llegado Jesse y Bella!

Justice miró a Maggie.

La magia se había evaporado.

—Agarra al niño.

Capítulo Siete

–No te puedes ni imaginar las ganas que tengo de que nazca este bebé –comentó Bella sentándose como pudo en uno de los cómodos sofás del salón.

Llevaba la melena larga y oscura recogida en una trenza que le caía por encima de un hombro y grandes aros plateados en las orejas.

–No lo digo solamente por poder volver a dormir boca abajo –sonrió acariciándose la abultada tripa–, sino también porque me muero de ganas por conocerlo.

–¿No sabéis si es niña o niño? –le preguntó la señora Carey.

–No, hemos preferido que sea sorpresa.

Maggie sonrió. Ella había hecho lo mismo. No había querido saber el sexo de su bebé hasta tenerlo en brazos.

Recordaba perfectamente cómo habían transcurrido las dos últimas semanas de embarazo. No era de extrañar que Bella estuviera nerviosa. A la incomodidad propia del momento se unía la ansiedad por ver la carita de su bebé.

–Jesse está que no puede más –comentó Bella–. Está en alerta constante. Cada vez que respiro más profundamente de lo normal, se lanza hacia el teléfono para llamar a una ambulancia. Está muy nervioso, apenas duerme y me despierta constantemente para ver si estoy bien.

—Se porta como es debido —opinó la señora Carey, que estaba sentada en una butaca dándole el biberón de la tarde a Jonas—. Los hombres deben involucrarse en el nacimiento de sus hijos —añadió—. Hay hombres que saben lo que tienen que hacer, no como otros.

Aunque Maggie estaba encantada de que el ama de llaves de toda la vida de los King se hubiera puesto de su parte, se sintió obligada a salir en defensa de Justice.

—La verdad es que Justice no sabía que estaba embarazada.

—Lo habría sabido si su cabezonería no le hubiera impedido ir a buscarte la primera vez —contestó el ama de llaves con decisión—. Si lo hubiera hecho, tú habrías pasado el embarazo aquí y yo no tendría que haber esperado tanto para conocer a esta ricura.

Lo cierto era que habría sido muy agradable poder pasar el embarazo en casa, rodeada de amor y de cuidados en lugar de sola, en el piso que tenía a media hora de Long Beach.

Menos mal que había tenido a su familia.

—No me puedo creer que pasaras el embarazo completamente sola —murmuró Bella pasándose las manos por la tripa—. Yo no sé qué haría sin Jesse.

—No fue fácil —admitió Maggie sirviéndole a Bella otro vaso de limonada y volviéndose a sentar.

Mientras miraba a Jonas, que estaba cómodamente tumbado en el regazo de la señora Carey, tomándose el biberón, Maggie recordó aquellos meses. Había echado mucho de menos a Justice. Había estado a punto de llamarlo muchas veces, pero su orgullo se lo había impedido.

–Tuve a mi familia –comentó recordando que no había estado completamente sola.

Además, no quería que aquellas mujeres se apiadaran de ella y, para ser completamente sincera, aunque era verdad que lo había pasado muy mal por no tener a Justice a su lado, el embarazo no había sido todo tristeza.

–Menos mal –comentó Bella.

–Mis padres viven en Arizona, pero me llamaban por teléfono constantemente y me ayudaron mucho. Mis dos hermanas se portaron de maravilla –añadió sonriendo al recordar–. Mi hermana Mary Theresa estuvo en el parto conmigo. No sé qué habría hecho sin ella.

–Me alegro de que no estuvieras sola, pero a una mujer le hace falta su marido al lado cuando va a nacer un hijo –comentó la señora Carey.

–Me habría encantado contárselo, de verdad, pero Justice me había dicho muchas veces que no quería tener hijos –contestó Maggie.

–Es de locos –protestó la señora Carey–. No entiendo cómo puede decir eso viniendo de esta familia, una familia con cuatro hijos. ¿Por qué no querrá tener hijos? Sobre todo, un hijo tan maravilloso como éste –se lamentó el ama de llaves besando a Jonas en la frente.

Maggie le sonrió encantada de que su hijo tuviera una abuela postiza que lo mimara.

–Yo tampoco lo entiendo, pero él lo tiene muy

claro, así que no podía presentarme aquí embarazada como si tal cosa, y además...

–Querías que te quisiera por ti y no por el bebé –aventuró Bella.

–Exacto –suspiró Maggie.

Acababa de conocer a Bella King, pero tenía la sensación de que podrían ser grandes amigas. Claro que eso no iba a suceder porque, en cuanto Justice se pusiera bien, ella se iría de nuevo.

Y aquella vez sería para siempre.

Jamás volvería si Justice le daba la espalda a su hijo.

Maggie miró a su alrededor apesadumbrada. Los rayos del sol se colaban por las ventanas y se reflejaban en los muebles, el ambiente olía a flores recién cortadas y lo único que se oía eran los ruiditos que hacía Jonas al beberse su biberón.

–Te entiendo perfectamente –comentó Bella–. Si a mí me hubiera pasado algo parecido, habría hecho exactamente lo mismo que tú. Jesse me ha dicho muchas veces lo felices que su hermano y tú erais. La verdad es que se sorprendió mucho cuando os separasteis.

–No fue el único –contestó Maggie sintiendo unas terribles ganas de llorar, pero consiguiendo mantener las lágrimas a raya–. Siempre creí que Justice y yo envejeceríamos juntos, pero es tan...

–¿Cabezota y obstinado? –opinó la señora Carey.

–Sí, eso lo define bien –se rió Maggie.

–Jesse también es así –comentó Bella procediendo a describir la vida actual con su marido, que apenas le permitía pasear por el salón sin acompañarla.

A continuación, les contó que su marido había

puesto un sofá en su despacho de King Beach para que se echara la siesta todas las tardes.

Maggie la escuchaba intentando ocultar el dolor que se estaba apoderando de ella y la envidia que envolvía su corazón por lo que Bella compartía con su marido. Jesse había entrado dos veces en media hora para asegurarse de que su esposa estaba bien.

Maggie supuso que todo el embarazo de su cuñada habría sido así, que su marido habría estado pendiente de ella en todo momento y no pudo evitar recordar cómo había sido el suyo. Era cierto que sus padres y sus hermanas la habían ayudado, pero Justice no había estado a su lado, no había podido permitirse el lujo de quedarse en la cama junto al padre de su hijo, soñando con el futuro de su bebé. No había podido compartir con él la emoción de una nueva ecografía, no había podido agarrarle la mano y ponérsela sobre la tripa para que sintiera moverse a Jonas.

Los dos se habían perdido muchas cosas. Tal vez, tendría que haber vuelto en cuanto se había enterado de que estaba embarazada. Tal vez tendría que haberle dado a Justice la oportunidad de conocer a su hijo, pero había estado segura de que no serían bienvenidos ninguno de los dos y, francamente, el comportamiento actual de Justice confirmaba sus sospechas.

Sin embargo, Maggie recordó la mirada que Justice le había dedicado a Jonas hacía menos de una hora, cuando se lo había puesto en el regazo. Lo había mirado con una ternura inesperada y con una mezcla de sorpresa y prudencia.

Tal vez, si hubiera insistido un poco más en el momento... Ahora ya era demasiado tarde y jamás lo sabría.

—¿Estás bien, cariño?

La voz de la señora Carey sacó a Maggie de sus pensamientos. Al instante, miró a Bella, cuyo rostro se retorcía en una mueca de dolor.

—Estoy bien –les aseguró la joven tomando aire–. Es que me duele mucho la espalda. Llevo así todo el día. Supongo que es por el peso.

—¿Te duele la espalda? –le preguntó Maggie.

—¿Y llevas así todo el día? –le preguntó la señora Carey.

—Sí, pero seguro que tomándome una galleta más se me pasa –contestó Bella todavía con dolor en el rostro.

—¿Y cuándo sales exactamente de cuentas? –insistió Maggie.

—Todavía me quedan dos semanas –contestó Bella gimiendo de dolor al alargar el brazo para agarrar otra galleta.

Maggie y la señora Carey se miraron de manera cómplice.

—Estás loco –comentó Jesse–. Lo sabes, ¿verdad? –añadió dándole un buen trago a la cerveza, estirando las piernas y cruzando un tobillo sobre el otro.

Justice miró a su hermano pequeño y vio que sacudía la cabeza disgustado. Hacía mucho calor y se habían instalado en el porche a tomar algo fresco.

Maggie, Bella y la señora Carey estaban dentro,

ocupándose de Jonas y hablando sobre el bebé de Bella.

Justice frunció el ceño y dio también un largo trago a su cerveza. Maggie y él ya estaban legalmente separados cuando Bella y su hermano habían comenzado su relación, pero Bella y Maggie se habían caído bien instantáneamente. Parecían amigas de toda la vida.

–¿Yo? –se rió Justice–. No entiendo por qué dices que estoy loco. No soy yo el que va por ahí paseando a mi embarazadísima mujer cuando debería estar en casa.

–Bella no quiere quedarse en casa, se pone nerviosa y, además, estamos a sólo cuarenta minutos del hospital, así que no cambies de tema.

–Veo que te has dado cuenta.

Jesse sonrió.

–Bien, chico listo. Pues no te metas en donde no te llaman –le advirtió Justice.

–¿Desde cuándo un King ha dejado de meterse donde le da la gana?

Justice sabía que era cierto.

–Mira, me ha llamado Jeff y me ha dicho que había contratado a Maggie, así que sabiendo que estaba aquí he decidido traer a Bella para que conociera a su cuñada. No sabía que también iba a estar tu hijo.

–No es mi hijo.

–Estás tan concentrado en mostrarte cabezota que no ves lo que tienes delante –se rió Jesse.

–No pienso hablar de esto contigo, Jesse.

–Perfecto. Hablaré yo. Tú limítate a escuchar.

En aquel momento, una nube cubrió el sol y el patio quedó sumido en la penumbra, lo que hizo que la temperatura bajara de repente. Justice frunció el ceño, pero Jesse no se dio por aludido, se incorporó, apoyó los antebrazos en los muslos y miró fijamente a su hermano.

—Creía que lo que tenías mal era la pierna, no los ojos.

—¿Qué quiere decir eso? –le preguntó Justice.

—Quiere decir, tonto de remate, que Jonas es exactamente igual que tú y que tienes que estar muy ciego para no darte cuenta.

—El hecho de que tenga el pelo negro y los ojos azules no quiere decir que sea hijo mío.

—Es más que eso, y lo sabes. Tiene el mismo óvalo de cara que tú, la misma nariz, las mismas manos. Maldita sea, Justice, es una copia exacta de ti.

—Es imposible.

—¿Por qué? ¿Por qué no puede ser hijo tuyo?

Irritado sobremanera, Justice se puso en pie y buscó su odiado bastón. A continuación, dio unos cuantos pasos y se alejó de su hermano, se quedó mirando la rosaleda y le dijo a Jesse lo que jamás le había dicho a nadie.

—Porque no puedo tener hijos.

—¿Y eso quién lo dice?

Justice se rió. Era de esperar que su hermano no aceptara algo así a la primera.

—Un médico. Me lo dijo después del accidente en el que murieron papá y mamá y en el que yo quedé malherido.

—Nunca has dicho nada.

—¿Tú lo habrías dicho? –lo increpó Justice.

—No, supongo que no –contestó Jesse poniéndose en pie y avanzando hacia él–. Justice, los médicos se equivocan.

Justice le dio otro trago a la cerveza con la esperanza de que el líquido helado apagara la humillación que sentía por dentro.

–No, te puedo asegurar que con estas cosas no se equivocan.

–Desde luego, eres un idiota.

–Estoy empezando a cansarme de que todos me insultéis –murmuró Justice.

–Es que te lo mereces. ¿Cómo sabes que ese médico no se equivocó? –insistió Jesse–. ¿Acaso has pedido una segunda opinión?

–¿Para qué? ¿Para tener que volver a soportar que me digan lo mismo? No fue fácil la primera vez y no quiero tener que volver a pasar por ello.

Jesse negó con la cabeza.

–Justice, necesitas una segunda opinión –insistió–. ¡Siempre pides una segunda opinión cuando se trata de algún animal de tu rebaño! ¿Por qué te la niegas a ti mismo?

Justice se pasó la mano por el rostro y se terminó la cerveza de un trago. No le gustaba tener que defenderse y le gustaba todavía menos saber que su hermano pequeño podía estar en lo cierto.

¿Y si aquel médico se hubiera equivocado? ¿Y si todo hubiera sido un error?

Justice sintió que el corazón se le aceleraba y que la boca se le secaba. De ser así, habría dejado que Maggie saliera de su vida sin ninguna razón y, lo que era todavía peor, habría tenido un hijo al que acababa de conocer.

–No, es imposible que se equivocara –murmuró negándose a aceptar aquella posibilidad–. Es imposible.

–¿Por qué? –le preguntó Jesse–. ¿Porque eso querría decir que has perdido el tiempo con Maggie, que has ignorado a tu propio hijo y te has convertido en el rey de los idiotas?

–Más o menos –contestó Justice apretando los dientes.

–Majestad, debe usted saber que, aunque ese médico pudiera haber estado en lo cierto en su momento, las cosas cambian. Claro que tú no te has molestado en descubrir si algo había cambiado, ¿verdad? Desde luego, Justice, eres un verdadero…

–Idiota, sí, ya lo sé. ¿Te importaría no repetírmelo?

–No te lo aseguro –contestó Jesse sonriendo–. Seguro que me das motivos para volvértelo a llamar.

–No lo dudo. Le acabo de decir a Jeff que preferiría haber sido hijo único.

–¡Cómo que hubieras podido apañártelas en la vida sin nosotros! –exclamó Jesse dándole una palmada en el hombro–. Bueno, ya sabes lo que tienes que hacer, ¿verdad?

–Tengo la sensación de que me lo vas a decir.

–Efectivamente. Hazte una prueba de paternidad, Justice. Es fácil y rápido y te permitirá saber si ese médico estaba en lo cierto o no.

Una prueba de paternidad.

Sí, seguro que era más fácil que volverse a hacer él todas aquellas insufribles pruebas médicas. Así sabría la verdad.

Justice sintió que se le helaba la sangre en las venas. Si el resultado de la prueba de paternidad sobre Jonas era negativo, tendría que asumir que Maggie le había mentido y que había estado con otro hombre.

Justice se apresuró a apartar aquella posibilidad de su mente.

—Puede que tengas razón.

Jesse se rió.

—Merece la pena venir hasta aquí para verte decir eso.

—Muy gracioso.

—Justice, me parece que tu situación actual no tiene absolutamente nada de gracioso —advirtió su hermano poniéndose serio—. Toma las riendas porque, de lo contrario, vas a perder a Maggie, a tu hijo y todo lo realmente importante. Y, cuando eso suceda, te vas a sentir fatal. Te vas a recriminar para toda la vida haberte comportado como un auténtico canalla y no quiero estar aquí para verlo.

—Me ha quedado claro —comentó Justice, que ya estaba harto de que todo el mundo le diera consejos.

—Fenomenal. ¿Nos tomamos otra cerveza?

—Muy bien…

—¡Justice!

Justice se giró sorprendido y vio que Maggie estaba de pie en la puerta.

—¿Qué pasa?

—Es Bella —contestó Maggie mirando a Jesse—. Se ha puesto de parto.

***

−¿Cuánto falta todavía? −le preguntó Justice a Maggie.

Llevaban cinco horas en el hospital y se les estaban haciendo interminables. Era curioso porque cuando ella se había puesto de parto el tiempo se le había pasado volando, pero ahora que estaba sentada sin hacer nada se le antojaba una eternidad.

−Nadie lo sabe −contestó Maggie dejando sobre la mesa una revista de hacía seis meses−. El primer hijo puede tardar desde varias horas a un par de días en nacer.

Justice miró horrorizado a Maggie, que se rió.

La verdad era que había estado nervioso desde el principio, desde que se habían montado los cuatro en una de las furgonetas del rancho y habían salido a la autopista. Había tenido que conducir Justice porque Jesse temblaba de pies a cabeza. Así que había conducido Justice con Maggie a su lado y Jesse y Bella en el asiento de atrás.

En cuanto habían llegado a la maternidad de Irvine, Bella y Jesse habían salido corriendo hacia donde el médico de Bella, al que habían llamado por teléfono, les había indicado. A Maggie y a Justice los habían conducido a la sala de espera más incómoda del mundo. Las sillas estrechas y de respaldo bajo hacían casi imposible sentarse a gusto. Claro que la mayoría de la gente que estaba allí esperando estaba tan nerviosa que apenas se daba cuenta de la incomodidad.

−Justice, siéntate. No sobrecargues la pierna.
−La pierna está bien −mintió Justice.
Maggie sabía que le dolía.

–Siéntate de todas formas. Me estás poniendo nerviosa –insistió.

Justice se quedó mirándola unos instantes y, finalmente, se sentó a su lado. La televisión estaba puesta, sintonizada en un canal que emitía comedias las veinticuatro horas del día y las risas enlatadas junto con las conversaciones en voz baja eran un ruido de fondo agradable. Las paredes estaban pintadas de verde pálido y la alfombra era de muchos colores, seguramente para disimular que era muy vieja. Olía a café quemado, a medicinas y a antiséptico.

–No me gusta nada tener que esperar –murmuró Justice mirando de soslayo hacia la puerta sobre la que se leía *Paritorio*.

–¿De verdad? Cualquiera lo diría –contestó Maggie en tono divertido mientras le acariciaba el brazo con aire ausente.

En la sala de espera también había otra pareja, mayor que ellos, que había llegado hacía media hora. La mujer se inclinó hacia delante entusiasmada.

–Vamos a ser abuelos por primera vez. De mi hija. Es un niño y lo van a llamar Charlie, como mi marido.

–Enhorabuena –contestó Maggie–. Nosotros vamos a ser tíos.

–¿A que es maravilloso? –comentó la mujer radiante de felicidad–. Es estupendo poder participar de un milagro así aunque sea de lejos.

Justice se arrebujó incómodo en la silla, pero Maggie lo ignoró.

–Sí, tiene usted toda la razón, es maravilloso –le dijo.

–Aunque la verdad es que esto de esperar es terrible –continuó la futura abuela–. Estaría más tranquila si supiera cómo van las cosas porque…

En aquel momento, una enfermera asomó la cabeza y la mujer se interrumpió.

–¿El señor y la señora Baker?

–¡Sí, somos nosotros! –exclamó la mujer poniéndose en pie de un salto–. ¿Qué tal está Alison, mi hija?

–Está muy bien –contestó la enfermera–. Me ha dicho que les diga que Charlie quiere verlos.

–¡Oh, Dios mío! –exclamó la abuela girándose hacia su marido, que también se había levantado, y abrazándolo encantada–. ¿Podemos pasar a verlos?

–Claro. Vengan conmigo.

–¿Y nosotros? –preguntó Justice.

–¿Cómo? –le preguntó la enfermera.

–Nada, nada –contestó Maggie tomando a Justice de la mano y apretándosela.

–Buena suerte –se despidió la mujer saliendo de la sala de espera.

–¿Cómo que nada? –se impacientó Justice–. ¡Estábamos mucho antes que ellos!

–Aquí las cosas no funcionan así –se rió Maggie.

–Pues deberían –contestó Justice poniéndose en pie y acercándose a la puerta–. Tengo la sensación de que las paredes me están comiendo. Necesito salir de aquí.

–A mí me pasa lo mismo. ¿Damos un paseo? –propuso Maggie.

Durante las siguientes horas, Justice y Maggie se pasearon por los pasillos del hospital y fueron varias veces a la sala de espera de la maternidad, pasaron por la sala de los recién nacidos y se encontraron de nuevo con los Baker, que les señalaron muy orgullosos a su Charlie. Fueron a hablar con las enfermeras por si les decían qué tal estaba Bella, y Maggie llamó al rancho para ver qué tal estaba Jonas con la señora Carey. El ama de llaves le dijo que había bañado al niño, le había dado de cenar y lo había acostado, y le pidió que la llamara en cuanto hubiera nacido el nuevo bebé.

—¿Y tú cómo lo hiciste? —le preguntó Justice de vuelta en la sala de espera.

—¿Eh? ¿Cómo hice qué? —contestó Maggie.

—Esto —contestó Justice alzando la mano y señalando la sala de espera, la maternidad y todo lo que representaba—. ¿Cómo lo hiciste tú sola?

—No estaba sola —le aclaró Maggie—. Matrice estuvo conmigo todo el rato.

—¿Tu hermana? Me tendrías que haber llamado a mí. Habría venido.

Había anochecido y las lámparas de la sala de espera no eran muy potentes, así que la estancia estaba casi en penumbra. Gracias a Dios, alguien había apagado el televisor y Justice y Maggie eran los únicos que quedaban. De repente, a Maggie se le antojó que habría agradecido el ruido de fondo de la televisión.

Miró a Justice a los ojos. Le hubiera gustado pensar que habría sido así, que de haberlo llamado para que fuera al hospital él habría ido corriendo para estar a su lado, pero sabía que no habría sido así.

Lo sabía en lo más profundo de su corazón.

—No, Justice, no habrías venido –suspiró–. Si te hubiera dicho que iba a tener un hijo tuyo, no me habrías creído. No me crees ahora y no me habrías creído entonces.

Justice se pasó una mano por el pelo, se masajeó la nuca y asintió.

—Tienes razón. Quizás no te hubiera creído, pero habría venido de todas maneras para estar a tu lado.

Maggie agradeció saber que, aunque no hubiera creído que fuera su hijo, Justice habría estado a su lado, pero entonces se planteó algo más.

—¿Y tú crees que hubiera querido tenerte a mi lado sabiendo que creías que estaba mintiendo? ¿Crees que te habría llamado para que me acompañaras si Jonas fuera hijo de otro?

Justice se quedó mirándola en silencio y los segundos fueron pasando.

—No, no en ambos casos, no a ambas preguntas –contestó sinceramente–. La verdad, Maggie, es que ha sido muy fuerte para mí que te presentaras en el rancho con un niño que dices que es mío.

Maggie estaba harta de defenderse.

—Jonas es hijo tuyo –le aseguró.

Justice se quedó mirándola intensamente hasta que Maggie se revolvió incómoda ante el escrutinio.

—Te tengo que decir una cosa –comentó Justice.
—¿Qué? –contestó Maggie esperanzada.

¿Iba a admitir Justice por fin que sabía que Jonas era hijo suyo? ¿Le iba a decir que sabía que no le había mentido y que quería que se quedaran en el rancho y formaran una familia?

–¿El señor y la señora King?

Maggie no se podía creer que los hubieran interrumpido justo en ese momento. Unas horas antes habría recibido encantada la buena nueva, pero ahora... aun así, se puso en pie rápidamente, al igual que Justice, y fue hacia la puerta.

–Somos nosotros –contestó–. ¿El niño y Bella están bien?

–Sí, todos están bien, incluso el padre –contestó la enfermera–. Ya se ha repuesto.

–¿El padre? –se extrañó Justice.

–Sí, se ha mareado un poco en el quirófano –contestó la enfermera.

–¿Me está diciendo que se ha desmayado? –sonrió Justice pensando en la cantidad de risas que se iba a echar a costa de su hermano.

–Justice... –le advirtió Maggie.

–Los padres quieren que pasen ustedes a conocer al recién llegado –los invitó la enfermera.

–¿Ha sido niña o niño? –quiso saber Maggie.

–Mejor que se lo diga la madre –contestó la enfermera abriendo la puerta.

Justice y Maggie entraron a una zona en la que dos mujeres a punto de ponerse de parto caminaban lentamente, resoplando, agarradas a sus goteros. Sus maridos les pisaban los talones y les dedicaban palabras de apoyo. En otra habitación había una mujer quejándose y un poco más allá se oían los gritos de un recién nacido.

Maggie sintió la mano de Justice en las lumbares y agradeció aquel gesto tan íntimo. Por lo menos allí seguían siendo una pareja, un equipo, dos personas que habían aguantado horas de espera y estaban a punto de recibir su recompensa.

Cuando llegaron a la habitación de Bella, encontraron a la primeriza exhausta y radiante, apoyada en un montón de almohadas y con una criatura envuelta en una mantita entre los brazos. A su lado estaba Jesse, que todavía estaba pálido y con los ojos vidriosos, pero muy feliz.

Maggie se asomó para verle la carita al bebé y sonrió.

–¿Niña o niño?

–Niño –contestó Jesse–. Tío Justice, tía Maggie, os presentamos a Joshua –añadió dejando muy claro que iban a seguir con la tradición de poner a los varones de la familia nombres que empezaran por jota.

Justice se acercó para echar un vistazo al último King en llegar al mundo. Maggie sintió su aliento en la mejilla al inclinarse.

–Es precioso, Bella –le dijo Justice a su cuñada–. Menos mal que se parece a ti.

–¡Eh! –protestó Jesse.

–Anda, tú siéntate, que ya me han dicho que el parto no te ha sentado muy bien –comentó Justice tomándole el pelo a su hermano.

Jesse miró disgustado hacia la puerta abierta y Bella se rió.

–Será bocazas esa enfermera –murmuró Jesse mirando a Justice y haciéndole una señal para indicarle que quería hablar con él a solas.

Una vez alejados y habiéndose cerciorado de que las mujeres no los oían, procedió a hablarle a su hermano mayor.

—Ahora que yo también soy padre, Justice, te digo que Jonas es tu hijo y que no lo eches todo a perder por tu orgullo.

—No me parece el momento para hablar de esto —objetó Justice.

—Es el mejor momento —insistió Jesse—. No pierdas el tiempo.

Dicho aquello, Jesse volvió junto a su mujer y Maggie fue hacia Justice para volver al rancho y dejar descansar a la nueva familia.

Cuando salieron del hospital, hacía frío y Maggie no podía parar de hablar, emocionada.

Justice, mientras tanto, se preguntaba qué ocurriría si fuera cierto, si su hermano tuviera razón y Jonas fuera su hijo, si la información que le habían dado hacía diez años no fuera cierta.

—¿Verdad que es una preciosidad? Tan pequeño, tan perfecto, tan... Justice, ¿te pasa algo?

Justice la miró a los ojos y, al instante, supo lo que tenía que hacer. Había llegado el momento de encarar la verdad. Por el bien de todos.

—Quiero hacerme las pruebas de paternidad.

Capítulo Ocho

Unos días después, Justice todavía sufría las represalias de Maggie. Tras tenerlo una hora haciendo sentadillas y corriendo en la cinta, por lo visto, todavía no había terminado con él.

Había montado una camilla de masaje junto a la piscina cubierta situada detrás de la casa principal y lo había hecho tumbarse como a un prisionero sobre un potro de tortura.

El sol se colaba por las ventanas tintadas que permitían disfrutar desde dentro de la claridad y el paisaje sin que nadie que estuviera fuera pudiera ver el interior. El ruido que hacía la bañera de hidromasaje se mezclaba con el murmullo del aire acondicionado.

Justice, sin embargo, tenía toda su atención puesta en las manos de Maggie. Era una buena profesional, pero estaba muy enfadada. Justice hizo una mueca de disgusto cuando le agarró el pie, lo levantó, le flexionó la rodilla y se la llevó hacia el pecho.

Tuvo que hacer un gran esfuerzo para no gemir de dolor, apretó los puños y aguantó mientras Maggie le indicaba que empujara contra sus manos.

Por lo visto, aquello se llamaba entrenamiento de resistencia.

Justice lo hubiera definido como tortura total.

—Te lo estás pasando en grande –protestó.

—No, de eso nada –contestó Maggie.

—Ya. Estás enfadada y me lo estás haciendo pagar.

—Justice, soy fisioterapeuta y te estoy tratando de manera profesional. Jamás se me ocurriría hacer daño a un paciente. Empuja.

Justice así lo hizo.

—Entiendo que no me quieras hacer daño, pero esto es una tortura.

—Es la rehabilitación que necesitas –insistió Maggie–. Te aseguro que me encantaría torturarte, pero no lo estoy haciendo. Éstos son los ejercicios normales.

Justice volvió a empujar cuando así se lo indicó Maggie, concentrando su fuerza. La verdad era que desde que había comenzado la rehabilitación con ella sentía la pierna más fuerte e iba mejorando día a día. Le seguía doliendo, pero ya apenas necesitaba el bastón.

—No he pedido las pruebas de paternidad para hacerte rabiar –le aseguró.

Maggie tomó aire profundamente, depositó la pierna de Justice sobre la camilla y lo miró.

—Justice, no pienso permitir que a nuestro hijo le tengan que pinchar porque tú no confíes en mí –le aseguró.

Por supuesto, cuando Justice se lo había propuesto a la salida del hospital, Maggie se había enfadado. Se había enfadado tanto que le había dicho exactamente lo que pensaba de un hombre que era capaz de obligar a un niño a pasar por un pinchazo innecesario.

Pero Justice no había dado su brazo a torcer.

El día que un médico le había dicho que no podía ser padre había sufrido mucho. En aquel accidente no sólo había perdido a sus padres, su pasado, sino también su futuro, la posibilidad de ser él padre.

Justice siempre había soñado con formar una familia, con tener otra generación que se hiciera cargo del rancho King con el mismo amor y la misma devoción que él, y había sido devastador que aquellos sueños se hubieran ido al garete de un plumazo.

Ahora, sin embargo, se planteaba que, quizás, aquel médico se hubiera equivocado y deseaba saber la verdad, necesitaba saber si Jonas era hijo suyo, si de verdad tenía un hijo.

Por eso, dijera lo que dijera Maggie, no iba a cambiar de parecer.

Habían pedido hora y las pruebas se iban a realizar al día siguiente en uno de los laboratorios de la familia. Eran las ventajas de tener una familia enorme. Los King estaban en prácticamente todos los negocios que daban dinero en California. Necesitara uno lo que necesitara, casi siempre había algún primo que lo podía ayudar.

Gracias a eso, habían conseguido adelantar la prueba de paternidad, pero los resultados tardarían unos días. A Justice nunca le había gustado esperar y, en aquella ocasión, se le estaba haciendo todavía más difícil. Se jugaba mucho con aquellos resultados, no sólo su orgullo, sino también su futuro.

Maggie se echó un líquido en las manos, se las frotó y comenzó lo que ella llamaba «movilización profunda de tejidos». En otras palabras, un masaje fuerte. Justice suspiró encantado mientras sentía sus dedos y sus palmas obrando magia sobre su pierna. Maggie tenía unas manos maravillosas, un toque seguro, firme y profesional.

Sin embargo, Justice quería más, quería que aquellas manos lo acariciaran en otros lugares del cuerpo. Claro que sabía perfectamente que no iba a poder ser porque Maggie estaba furiosa con él.

—¿Qué tal? —le preguntó Maggie subiendo desde la planta del pie por el gemelo y hasta el muslo y volviendo a bajar.

«Si miraras hacia la bragueta del pantalón, obtendrías una buena respuesta», pensó Justice.

—Muy bien —contestó—. De maravilla.

—Vas mejor, Justice. Me alegro.

—¿De verdad?

—Claro que sí. Recuerda que he venido para ayudarte a que te recuperes. Cuanto antes ocurra, antes me podré marchar con Jonas.

Al oír aquello, Justice se incorporó y la agarró de la muñeca.

—No te irás hasta que nos hayan dado los resultados de las pruebas.

Maggie se zafó de su mano.

—No me voy a ir hasta que haya terminado mi trabajo, pero, cuando lo haya acabado, no podrás impedirme que me vaya —le corrigió.

—Maldita sea, Maggie, ¿es que no entiendes que tengo que hacerlo así?

—No, no lo entiendo —contestó Maggie secándose las manos—. Tenías mi palabra. Podrías haber elegido creerme.

—Tu palabra no es suficiente. Necesito pruebas —insistió Justice mirándola.

Maggie llevaba el pelo recogido en una cola de caballo, no se había maquillado y lo miraba con ojos cargados de enfado mientras apretaba los dientes, seguramente para no espetarle los cientos de insultos que se le estaban ocurriendo.

Hacía calor, así que se había puesto unos vaqueros cortos y una camiseta de tirantes. Tenía la piel suave y pálida, y a Justice le habría encantado agarrarla y besarla. Su imaginación se disparó, se imaginó el cuerpo desnudo de Maggie tumbado sobre él, sus senos en contacto con su torso.

Maldición.

Justice se apresuró a bajarse de la camilla con la esperanza de que Maggie no hubiera reparado en su erección. Siempre que estaba con ella se comportaba como un adolescente, siempre excitado.

—Ven —le dijo Maggie colocándose a su lado y pasándole el brazo por la cintura—. Quiero que te metas un rato en la bañera de hidromasaje para relajar los músculos.

Justice estuvo a punto de rechazar su ayuda, pero, luego, se dijo que era una buena oportunidad de tocarla, así que se dejó envolver por su olor y sintió sus cabellos sedosos en el brazo cuando se lo pasó por los hombros.

—Muy bien —dijo Maggie ayudando a Justice a sentarse dentro del agua—. He bajado un poco la temperatura —añadió mientras Justice suspiraba de placer.

Él la miró y se preguntó qué había sido de su

Maggie, de aquella mujer que lo excitaba constantemente con su fuego.

–¿Por qué no te metes un rato conmigo? A ti también te vendría bien relajarte un poco.

Maggie se mordió el labio inferior.

–Estoy demasiado enfadada contigo, Justice. No podría relajarme.

–Muy bien, pues métete en el agua y grítame –contestó Justice golpeando la superficie con la palma de la mano–. Eso siempre te hizo sentir mejor.

Maggie sonrió, y Justice supo que había ganado.

–No tengo bañador.

–¿Y qué?

Justice deseaba con todo su corazón, necesitaba verdaderamente, que Maggie se desnudara y se metiera en el agua burbujeante con él.

Maggie tomó aire.

–Está bien, pero sólo un rato, que tengo que ir a cuidar a Jonas.

–Está perfectamente con la señora Carey.

–Ya lo sé, pero es mi hijo y me gusta estar con él –contestó Maggie quitándose los pantalones y revelando unas braguitas de color rosa pálido.

Justice asintió porque no podía hablar. Maggie agarró la camiseta y se la sacó por la cabeza. Llevaba un sujetador a juego con las braguitas. A Maggie siempre le había encantado la lencería… y a él, también.

–¿No te vas a quitar la ropa interior? –le preguntó Justice al ver que se disponía a meterse en el agua.

–No –contestó Maggie riéndose–. Prefiero no estar desnuda cerca de ti.

Justice sentía la erección contra la tela del bañador y supo que Maggie tenía razón. Maggie se sentó frente a él, suspiró y echó la cabeza hacia atrás.

—Tienes razón, aquí se está de maravilla —comentó.

Las piernas de Maggie, largas y tonificadas, medio flotaban sobre el agua, justo delante de Justice, que sintió que la boca se le hacía agua. Se apresuró a meterse la mano entre las piernas para ver si podía ponerse un poco más cómodo, pero eso no le sirvió de nada, así que se desabrochó los botones del bañador y se lo quitó.

Al instante, sintió una gran liberación.

Pero necesitaba más.

Necesitaba a Maggie.

Así que se acercó lentamente mientras ella tenía los ojos cerrados. Justice no podía apartar los suyos de sus pechos. Los pezones rosados estaban al mismo nivel de la superficie y cubiertos por la seda mojada del sujetador. A lo mejor ella creía que estaba más protegida por haberse quedado con la ropa interior, pero lo cierto era que resultaba mucho más provocativa así.

Una vez junto a ella, Justice alargó el brazo y le acarició la pantorrilla. Maggie abrió los ojos sobresaltada y lo miró confusa.

—¿Qué haces?

—Relajarme y ayudarte a que te relajes tú también —contestó Justice acercándose un poco más.

—No —dijo Maggie apartándose.

—No te pongas melindres —insistió Justice—. No nos acabamos de conocer.

—Tienes razón, nos conocemos muy bien y, por eso precisamente, no debe pasar nada entre nosotros. Sólo serviría para confundir más las cosas.

—Eso es imposible —contestó Justice acercándose de nuevo y acariciándole la pierna—. Están tan liadas que es imposible que se líen más.

—Puede que tengas razón, pero sigo enfadada contigo.

Justice sonrió.

—Cuando te enfadabas era cuando mejor nos lo pasábamos en la cama.

—También tienes razón en eso, pero el hecho de que ahora mismo esté enfadada no quiere decir que me quiera acostar contigo.

—Mentirosa —contestó Justice agarrándola del pie y tirando hacía sí de ella.

—Eso es trampa —protestó Maggie.

—Mmm.

—Justice, esto no va a resolver nada.

—A lo mejor es que no hay nada que resolver —contestó Justice agarrándola de las nalgas—. A lo mejor simplemente tiene que suceder.

Maggie lo miró.

—Y a lo mejor simplemente no deberíamos permitir que sucediera —comentó.

—Demasiado tarde —murmuró Justice levantándose y girando a Maggie para colocarla delante de uno de los chorros de agua.

—¡Esto es trampa también! —protestó Maggie separando las piernas para recibir el chorro de agua en el clítoris.

Mientras el agua le daba placer, Justice también

se afanó en darle el suyo, así que mientras le sujetaba la cabeza con un brazo, con la mano que le quedaba libre le desabrochó el sujetador, dejando sus pechos al descubierto. Se le habían endurecido los pezones, y Justice se inclinó sobre ellos y comenzó a chuparle uno, lo succionó y le pasó la lengua varias veces por encima mientras Maggie se estremecía de placer.

Justice no podía parar de lamerla. ¿Cómo había podido sobrevivir todos aquellos meses sin ella? Así que siguió jugando con sus pezones y con sus pechos mientras Maggie emitía jadeos de felicidad y disfrutaba de la caricia natural del agua entre las piernas.

Justice sabía perfectamente lo que Maggie quería porque era lo mismo que quería él, sabía que los dos estaban sintiendo lo mismo: deseo, necesidad...

Se moría por penetrarla, así que le bajó las braguitas y le separó los muslos para que el agua le diera todavía más de lleno en el clítoris.

Maggie gimió de placer mientras elevaba las caderas para quedar expuesta al chorro de agua.

Justice se quedó observándola mientras Maggie cerraba los ojos y jadeaba.

—Quiero sentirte dentro, Justice —le dijo mirándolo.

No hizo falta que se lo repitiera dos veces. Justice la agarró, la besó en la boca con pasión y se dirigió hacia el banco. Una vez allí se sentó y colocó a Maggie a horcajadas sobre él y fue haciéndola bajar lentamente, centímetro a centímetro, sobre su erección. Maggie lo envolvió en su humedad y su calor y lo condujo hasta lo más profundo de su interior.

Justice no podía apartar la mirada de sus maravillosos ojos mientras la penetraba y la llenaba. Sin dejar de mirarse a los ojos, comenzaron a moverse hacia el inevitable final que ambos ansiaban.

Justice se sentía completo, lo único que le importaba en aquel momento era el presente, la mujer con la que estaba haciendo el amor. Aquella mujer lo era todo.

Cuando Maggie abrió la boca y gritó su nombre mientras le temblaba el cuerpo como consecuencia de la fuerza del orgasmo que estaba viviendo, Justice supo que jamás vería nada tan bonito.

Unos segundos después, se dejó llevar también por la fuerza del orgasmo y siguió a Maggie hacia ese mundo que sólo conocen los amantes.

–Nada ha cambiado –murmuró Maggie mientras le ponía a Jonas el pijama aquella noche.

Su hijo sonrió y se rió. A Maggie le encantaba oírlo reír. Estaban los dos tumbados en la cama de su habitación. Gracias a Dios estaba en el otro extremo del pasillo, lejos del dormitorio de Justice. Después de lo que había sucedido aquella tarde, mejor no acercarse a él.

–Te hace mucha gracia, ¿eh? –le preguntó al niño besándolo en la tripa–. Te crees que mamá está haciendo el tonto, ¿verdad? A lo mejor tienes razón, sí, pero la verdad es que no me importa.

El niño la agarró del pelo y Maggie se soltó con

cariño, terminó de vestirlo para irse a la cama, le subió la cremallera que cerraba el pijama hasta el cuello y lo tomó en brazos.

No había nada en el mundo que oliera mejor que un bebé recién bañado. Jonas tenía la piel suave y caliente y tenerlo en brazos le hacía olvidarse en parte del dolor que sentía en el corazón.

No se arrepentía de haber hecho el amor con Justice aquella tarde, pero sabía que probablemente habría sido un error. Las cosas no estaban claras entre ellos. Para empezar, Maggie seguía enfadada con él por haber insistido en lo de la prueba de paternidad cuando era evidente que Jonas era su vivo retrato y, por otra parte, se sentía frustrada porque Justice había levantado unas barreras altas y resistentes en torno a su corazón y no la dejaba entrar.

–¿Sabes lo que más me molesta, cariño? –le dijo a Jonas en voz baja mientras lo colocaba sobre sus rodillas y comenzaba a jugar con él–. Tu padre se ha empeñado en hacerse esas dichosas pruebas de paternidad y, aun así, te evita. ¿Por qué será? ¿Tú lo sabes?

Jonas se rió y comenzó a mover los brazos como si estuviera intentando volar, lo que hizo sonreír a Maggie. No podía ni quería imaginarse la vida sin él. Aquel niño era parte de ella... aunque el hombre que era su padre seguía siendo un desconocido para él.

–Ha llegado el momento de que las cosas cambien –decidió Maggie–. Ya va siendo hora de que tu padre descubra lo que se está perdiendo. Quiero que te conozca, que se dé cuenta de lo que podríamos tener si estuviéramos los tres juntos....

Jonas emitió un sonido que su madre tomó como un asentimiento, así que se levantó de la cama y salieron de la habitación, avanzaron por el pasillo, bajaron las escaleras y se acercaron al salón, desde donde llegaba la sintonía del informativo de la noche.

Nada más entrar, vio a Justice, que estaba tumbado en una cómoda butaca con los ojos pegados a una televisión de pantalla plana que había en la pared de enfrente.

Maggie cruzó la estancia con decisión y se acercó. Justice la miró y Maggie sintió que un tremendo calor se apoderaba de ella. Sí, definitivamente, aquel hombre era peligroso.

Entonces, Justice miró al niño y su mirada cambió, lo que le recordó a Maggie el propósito de su visita.

–Hemos bajado para que Jonas te dé las buenas noches –anunció obligándose a sonreír.

Justice dio un respingo.

–No hace falta.

–Sí, claro que hace falta, Justice –insistió Maggie colocando al niño sobre su regazo.

Justice y Jonas se miraron y parpadearon, y Maggie se dio cuenta de que ambos estaban muy sorprendidos.

–Maggie, todavía no tenemos los resultados de las pruebas, así que...

–Justice, es tu hijo. Las pruebas lo demostrarán muy pronto, así que más te vale irte acostumbrando a él, empezar a conocerlo.

–No creo que...

–Debes conocerlo, Justice –lo interrumpió Maggie–. Y puedes empezar a hacerlo ahora mismo. Voy a por el biberón.

Justice la miró horrorizado.

–¿Me vas a dejar solo con él?

–Bienvenido a la paternidad –contestó Maggie riéndose.

Dicho aquello, salió del salón, pero se quedó escondida en el pasillo para ver cómo se relacionaban los dos hombres de su vida. Justice se había quedado como si tuviera una bomba de relojería en la mano, y Jonas parecía confundido con la situación.

Cuando vio que al niño le empezaba a temblar el labio inferior estuvo a punto de volver, pero se contuvo.

–No llores, Jonas –oyó que le decía Justice–. Todo va a salir bien.

Maggie se preguntó desde la puerta si aquélla habría sido la primera mentira de Justice a su hijo.

Los días fueron pasando y la pierna de Justice iba cada vez mejor. Sin embargo, a medida que su cuerpo se iba curando, su corazón se iba rompiendo. Estar con Maggie pero sin ser pareja era mucho más difícil de lo que creía. Lo que había sucedido en la bañera de hidromasaje no se había repetido. Aquellas escenas parecían sacadas de un sueño, un sueño que lo perseguía estuviera donde estuviera e hiciera lo que hiciese.

Justice estaba en el picadero, al sol, con los antebrazos apoyados sobre la valla de madera, observando cómo ensillaban a los caballos que se iban a llevar, diciéndose que lo mejor que podía hacer era concentrarse en el trabajo.

Ahora que se encontraba mejor, había empezado a tomar las riendas de nuevo y eso lo hacía sentirse bien. Aunque todavía no podía montar, no creía que le faltara mucho para poder hacerlo.

Hacía todo lo que estaba en su mano para no pasar mucho tiempo dentro de casa, pues tanto Maggie como la señora Carey parecían empecinadas en que estuviera todo el rato con Jonas.

Lo cierto era que Justice disfrutaba de los ratos que pasaba con el pequeño. Aquel chiquillo era un encanto. Fuera o no su padre, estaba aprendiendo a quererlo.

Gracias a las sesiones de terapia de Maggie, se estaba recuperando muy bien, así que cada vez le daba menos masajes. Eso, por un lado, lo aliviaba y, por otro, le daba pena. Estar a solas era peligroso porque la deseaba más que nunca, pero le daba pena perderse aquellos momentos.

Claro que necesitaba tiempo para estar a solas y pensar.

Cuando llegaran los resultados de las pruebas de paternidad, sabría si Maggie le había estado mintiendo todo aquel tiempo, sabría si el niño al que estaba empezando a querer como suyo lo era realmente.

Dependiendo de los resultados, actuaría de una u otra manera.

Si Maggie le había estado mintiendo, tendría que dejarla marchar de nuevo. Aunque la seguía queriendo y, aunque quería mucho a Jonas, no permitiría que lo utilizara. Lo cierto era que no creía que Maggie le hubiera mentido en ningún momento. Maggie era una persona muy sincera.

Entonces, debía de ser que era el padre de Jonas. A ver qué decían los resultados. De ser así, iba a formar parte de la vida del niño, dijera Maggie lo que dijera, le gustara o no.

Pasara lo que pasara, Maggie y él tenían algunas decisiones serias que tomar, así que más les valía no complicar las cosas todavía más con el sexo.

—Eh, jefe.

—¿Qué? —dijo Justice girándose hacia Mike.

—¡Parece que su hijo ha nacido para ser ranchero!

Justice se giró y vio a Maggie y a Jonas. El niño estaba montado en un caballo de madera que llevaba varias generaciones en la familia King. Justice supuso que la señora Carey lo habría bajado del desván.

Efectivamente, Jonas se agarraba con fuerza a las riendas mientras su madre lo agarraba de debajo de los brazos por si acaso.

Aunque estaban a cierta distancia, oía las risas del niño mezcladas con las de la madre y se preguntó qué demonios haría si Maggie le hubiera mentido y los perdiera a ambos.

Capítulo Nueve

Maggie estaba organizando la ropa planchada cuando vio un sobre marrón bajo un montón de camisetas.

Los papeles firmados del divorcio.

Dejó la ropa a un lado, agarró el sobre y lo abrió lentamente. Dentro estaban aquellos papeles que, si hubiera entregado, habrían terminado con su matrimonio.

A pesar de que había conseguido que Justice los firmara, jamás los había entregado porque, en el fondo, no quería divorciarse de él.

Así que se había quedado con los papeles. No sabía muy bien por qué. Tal vez, porque eran como una especie de talismán. Mientras los tuviera, estaría de alguna manera conectada a Justice, Jonas seguiría teniendo un padre y ella todavía tendría la esperanza de recuperar lo que había vivido con su marido.

Maggie se preguntó si aquello no era una locura, si la idea de volver con él no era una manera de torturarse.

El sexo entre ellos seguía siendo maravilloso, pero ¿eso era todo? ¿Era sexo lo único que compartían en aquellos momentos?

Maggie volvió a meter los papeles en el sobre,

presa de la tristeza, y metió el sobre de nuevo en el cajón. A continuación, se giró y se acercó a la ventana, que estaba abierta, y por la que se veía la tormenta que se estaba formando sobre el mar.

Maggie cerró la ventana porque entraba frío y se dijo que, cuando volviera a su casa, tenía que entregar los papeles del divorcio.

Sabía que no lo iba a hacer.

—Estás loca, Maggie —murmuró.

—Eso ha sido algo que siempre me ha gustado de ti.

Maggie se giró bruscamente con la mano en el pecho, como si se le fuera a salir el corazón.

—No hay nada como un buen susto para empezar bien el día.

—Perdona, no quería asustarte —se disculpó Justice entrando en la habitación con paso seguro—. ¿No me has oído llegar?

Maggie lo observó. Justice andaba bien, ya no cojeaba y estaba casi recuperado por completo. Hacía dos días que no utilizaba el bastón. Pronto no lo necesitaría.

Ni a ella, tampoco.

Qué bien, ¿eh?

—La verdad es que, como ya no llevas el bastón, resultas bastante sigiloso.

Justice asintió y se masajeó el muslo.

—Estoy encantado de no tener que utilizarlo.

—Te comprendo perfectamente —contestó Maggie volviendo al armario y terminando de poner la ropa limpia en los cajones—. Bueno, voy a bajar a ocuparme de Jonas, que la señora Carey lleva con él casi toda la mañana –añadió girándose con una sonrisa radiante.

–Espera un momento, tengo que hablar contigo –contestó Justice poniéndose entre ella y la puerta.

Maggie no tenía ganas de pasar a su lado tan cerca, pues tenía muy presentes los recuerdos de la bañera de hidromasaje, así que se paró y se cruzó de brazos, esperando.

–Tú dirás.

–Creo que deberíamos hablar de lo que va a suceder cuando lleguen los resultados de las pruebas –contestó Justice.

–¿A qué te refieres? –preguntó Maggie con recelo.

–Me refiero a que en unos días sabremos la verdad y, si resulta que Jonas realmente es hijo mío...

Maggie se tensó. No podía soportar que Justice no confiara en ella y necesitara pruebas de laboratorio para creer que Jonas era suyo.

–... si es hijo mío, quiero que crezca aquí –concluyó Justice–. En el rancho.

Maggie sintió que se le abría un vacío terrible a la altura de la boca del estómago y que el corazón se le caía dentro.

–De eso, nada –contestó negando con la cabeza.

–¿Cómo?

–No me vas a quitar a mi hijo.

–Si también es hijo mío, tengo derecho a la mitad de él –protestó Justice.

Maggie se rió con amargura.

–¿Y qué vas a hacer? ¿Lo vas a cortar por la mitad?

Justice se dirigió a la cama.

–No hay que ponerse dramáticos. Si Jonas es hijo mío, quiero que crezca aquí, quiero que crezca donde yo crecí. El rancho será suyo algo día y quiero que lo conozca y que lo ame como yo.

–¿De repente te preocupa su herencia? –le espetó Maggie acercándose a él furiosa–. Hasta hace unos días no querías ni oír hablar de la posibilidad de que fuera hijo tuyo y ahora, de repente, el niño es tu heredero y quieres que ame el rancho. Ni lo sueñes.

–Maggie, no te enfrentes a mí. Tienes todas las de perder –le advirtió Justice.

Por primera vez desde que había vuelto, la primera preocupación de Maggie no era el dolor de Justice. De hecho, se habría alegrado de que la pierna le doliera horrores. ¿Por qué tenía que ser ella la única que sufriera? Aquel hombre estaba diciendo que le iba a quitar a su hijo.

Sobre su cadáver.

Maggie tomó aire profundamente y se concentró en el dolor que sentía en el corazón para utilizarlo como escudo.

–No, Justice, no voy a perder porque Jonas es mío. ¡Tiene casi seis meses y hasta hace poco más de una semana ni siquiera le habías visto!

–Porque tú no me habías hablado de su existencia.

–No me has creído cuando te he hablado de él.

–Eso no tiene nada que ver –contestó Justice haciendo un gesto con la mano en el aire como quitando importancia al asunto.

–Ése es exactamente el meollo de la cuestión, Justice, y lo sabes.

El cielo estaba cubierto de nubes negras y soplaba el viento con fuerza. De repente, enormes gotas de lluvia comenzaron a golpear los cristales de la ventana. Maggie se sentía tan furiosa como la tormenta.

–Jonas va a vivir en la ciudad. Conmigo. Tengo un piso precioso, tenemos un parque cerca, buenos colegios y…

–¿Un parque? –la interrumpió Justice poniéndose en pie indignado–. ¿Quieres llevarlo al parque cuando yo tengo aquí miles de hectáreas? La ciudad no es un buen lugar para crecer. Ni siquiera podría tener un perro.

–Por supuesto que podrá tener un perro –contestó Maggie a la desesperada–. En el edificio en el que vivimos se pueden tener mascotas. En cuanto quiera, iremos a la perrera y sacaremos un cachorro. Un caniche estaría bien.

–¿Un caniche? –se rió Justice–. ¿Qué clase de perro es ése?

–¿Y qué quieres que tenga? ¿Un pitbull?

–Los perros pastores son los mejores y seguro que le encantan. Va a nacer una camada dentro de poco. Se podrá quedar con un cachorro. Le va a encantar la experiencia.

Probablemente así sería, pero aquel asunto no venía al caso, así que Maggie intentó concentrarse en lo verdaderamente importante.

–En cualquier caso, esas decisiones no las vas a tomar tú.

–Por supuesto que sí. Si Jonas es hijo mío, no pienso permitir que me separes de él.

–¡Creo recordar que no querías tener hijos! –gritó Maggie sin importarle que la oyeran.

La tormenta había arreciado y ella se sentía como si estuviera en el centro de la lucha, decidida a ganar.

–¡Claro que quería tener hijos! –exclamó Justice–. Te mentí porque creía que no los podría tener.

Maggie se quedó mirándolo confundida durante un par de segundos. El tiempo que tardó su cerebro en procesar la información y en presentarle el verdadero escenario, lo que la enfureció todavía más.

–¿Me has mentido? ¿Me has dejado creer que no querías tener hijos cuando, en realidad, era que no los podías tener? –le espetó acercándose y golpeándolo en el pecho con fuerza–. ¿Dejaste que me fuera en lugar de contarme la verdad?

–No quería que lo supieras –confesó Justice agarrándola de las muñecas con fuerza y mirándola a los ojos.

Maggie vio vergüenza, remordimientos y enfado en ellos.

–No quería que nadie lo supiera. No quería que supieras que no era un hombre completo.

Maggie lo miró estupefacta. No se lo podía creer.

–Eres un neandertal. ¡La valía de un hombre no se mide por el hecho de que pueda tener o no hijos!

–Para mí, es así.

Maggie vio en sus ojos que estaba diciendo la

verdad, se zafó de sus manos y se puso a recorrer el perímetro de la habitación a paso rápido y furioso.

–¿Así que todo este tiempo que llevamos separados ha sido porque creías que eras estéril? –murmuró Maggie mirándolo de soslayo y viendo que sus palabras habían dado en el blanco.

Justice apretó las mandíbulas. Maggie lo conocía bien y sabía que no podía soportar la debilidad. Por eso, había preferido firmar los papeles del divorcio que confesar ante su mujer que no era todo lo hombre que él creía tener que ser.

Eso le pasaba por casarse con un hombre cuya mayor motivación en la vida era el orgullo.

–Todo esto ha sido por tu maldito orgullo, ¿verdad? –le espetó–. Te has dejado llevar por el orgullo.

–El orgullo no tiene nada de malo, Maggie –contestó Justice.

–No, no tiene nada de malo si no lo antepones a cosas más importantes y eso es, precisamente, lo que has hecho tú. Has permitido que nuestro matrimonio se fuera al garete antes de admitir que no podías tener hijos –recapacitó Maggie en voz alta.

Cuando la fuerza de aquella verdad la golpeó, sintió que se moría. Justice había preferido mantener cierta imagen de sí mismo en lugar de apostar por su matrimonio y por ella.

–Fuiste tú la que se fue –contestó Justice.

–No paras de decírmelo. Es cierto que me fui, pero podrías haberlo impedido. Podrías haberme pedido que me quedara. Si me hubieras dicho «por favor, quédate», me habría quedado. El otro día dijiste que te habría gustado hacerlo, pero, claro... no podías –se lamentó mirándose en sus ojos azules–. Te quería tanto que me habría quedado si hubiera pensado que había algo por lo que luchar, pero tú te limitaste a encerrarte en ti mismo. Y yo no tenía nada, ni hijos ni marido. ¿Para qué me iba a quedar?

Justice hizo una mueca de dolor, pero consiguió controlarse al cabo de un segundo.

–Todo esto no sirve de nada, Maggie. Lo que pasó, pasó y no podemos cambiarlo, pero quiero que te quede bien clara una cosa: si Jonas es mi hijo, voy a luchar por él. Si es un King, se criará con Kings.

Dicho aquello, se giró y se fue tranquilamente. Una vez a solas, Maggie sintió un frío terrible, un frío que se apoderó de sus entrañas y le hizo comprender que el orgullo era de nuevo la causa de que Justice se comportara así. Ahora resultaba que estaba orgulloso de tener un hijo, pero lejos de alegrarse por ello, como podría haber sido en otras circunstancias, Maggie supo que eso la iba a llevar a tener un duro oponente.

Tal vez, con el dinero y los contactos que tenía su familia, pudiera quitarle la custodia.

¿Y qué haría si le quitaba a Jonas?

Sintió que el miedo la atenazaba. No quería perder a su hijo. Aquella situación se había convertido en algo realmente peligroso.

***

–Me voy a ir. Soy capaz de desaparecer. Agarro al niño y nos vamos –dijo Maggie media hora después a la persona con la que estaba hablando por teléfono.

–Tranquila –contestó su hermana Matrice–. Cuéntame qué ha pasado.

Maggie procedió a contarle a su hermana mayor, famosa por ser una mujer centrada y con los pies en la tierra, lo que había sucedido.

–No pasa nada –le dijo Matrice–. Justice no te va a quitar a Jonas. Quiere formar parte de su vida, sólo eso. En cierta forma, deberías estar contenta porque eso era lo que también querías tú.

–Sí, pero una cosa es que forme parte de la vida de su hijo y otra que me lo quite –protestó Maggie.

–No te lo va a quitar.

–¿Cómo puedes estar tan segura? –se sorprendió Maggie.

–Porque te quiere –contestó Matrice con seguridad.

–Sí, bueno, pero...

–Siempre te ha querido. Jamás te haría daño. Además, ¿qué iba a hacer Justice solo con Jonas? ¡Pero si los hombres no saben ni poner un pañal!

Maggie se rió y se relajó un poco.

–Matrice, tengo miedo –se lamentó sin embargo–. Tengo la sensación de que las cosas se van a poner feas.

–Tranquila, hermanita, apuesto por ti.

***

Justice estaba en su despacho, intentando concentrarse en un informe sobre el rancho, pero no podía dejar de pensar en la discusión que había tenido con Maggie.

Había llamado a los laboratorios King varias veces, pero no había podido hablar con nadie.

¿Por qué demonios tardaban tanto en tener los resultados de las malditas pruebas?

¿Y qué pasaría si Jonas no fuera hijo suyo? Entonces, Maggie se iría, se llevaría al niño con ella y la vida en el rancho volvería a ser como siempre.

Tranquila.

¡Vamos, que el rancho volvería a quedarse sumido en el silencio sepulcral que lo caracterizaba antes de la llegada de Jonas!

¿Era eso lo que quería?

No.

No, no quería volver a aquella vida, no quería volver a estar solo en casa con la señora Carey, sin juguetes de Jonas por todas partes y la risa de Maggie por los pasillos.

Pero la relación que había habido entre ellos se había roto. Entonces, ¿qué les quedaba?

Un niño maravilloso que los necesitaba a ambos.

Si Jonas resultaba no ser hijo suyo, Maggie le habría mentido, sí, exactamente igual que había hecho él con ella. ¿Era la mentira de Maggie mucho más terrible que la suya? ¿Podría aceptar al hijo de otro?

Sería como una adopción, algo muy normal.

Justice se tranquilizó.

Le gustaba la idea.

Al cabo de unos segundos, se puso en pie y se

acercó a la ventana, se apoyó en el cristal y se quedó observando la tormenta.

Lo único que tendría que hacer sería aceptar a Jonas y tendría un heredero, un niño al que educar. ¿Qué más daría quién lo hubiera concebido si él lo criaba?

«Pues claro que importa», dijo la voz de su orgullo en lo más profundo de sí.

No le podía pedir a Maggie que se volviera a casar con él. Lo suyo se había terminado, pero podían ser amigos.

Podía tener a Maggie y a Jonas, un hijo, si estaba dispuesto a ceder.

¿Lo estaba?

Cuando la puerta del despacho se abrió y alguien entró, Justice no tuvo que darse la vuelta para saber que era ella.

Percibió sus pasos sobre la alfombra y sintió el calor de su cuerpo en su espalda.

—No pienso permitir que me quites a mi hijo —le dijo con mucha calma y una confianza total en sí misma.

Justice siempre había admirado su carácter y su fuerza de voluntad.

Se giró hacia ella.

—No te lo voy a quitar —le dijo viendo que sus palabras la confundían—. Llevo todo el día pensando en lo de esta mañana y se me ha ocurrido una idea.

—¿Qué idea? —contestó Maggie ladeando la cabeza sin convencimiento.

Justice se sentó en el alfeizar de la ventana y se cruzó de brazos.

–Quiero que Jonas y tú os vengáis a vivir al rancho.

–Quieres decir cuando lleguen los resultados de las pruebas.

–No, quiero decir ahora mismo.

–Pero si todavía no sabes si es hijo tuyo –objetó Maggie, que no daba crédito a lo que estaba oyendo.

–Me da igual –contestó Justice sinceramente–. Lo puedo adoptar.

–Ya... ¿y quieres que vuelva en calidad de tu esposa?

«Cuidado, Justice, mira bien por dónde pisas», se dijo a sí mismo.

–No –contestó–, estamos divorciados y así está bien. Probablemente, sea lo mejor. Nuestro matrimonio siempre fue explosivo. Estamos divorciados, pero eso no quiere decir que no te puedas venir a vivir aquí, que criemos a Jonas entre los dos y mantengamos una relación platónica.

Maggie se quedó mirándolo con la boca abierta, y Justice sonrió, pues no era fácil sorprender de aquella manera a Maggie King.

–¿Platónica? –repitió Maggie anonadada–. Entre tú y yo nunca ha habido nada platónico.

–Es cierto, pero las cosas pueden cambiar. Podríamos tener una buena vida, podríamos ser... buenos amigos.

Le iba a costar Dios y ayuda, pero estaba dispuesto a hacerlo con tal de tenerlos a ella y al niño.

–Eso es imposible. Tú y yo no podemos ser amigos y nada más. Hay demasiada química entre nosotros. Además, me doy perfectamente cuenta de lo que estás intentando hacer…

—¿A qué te refieres? Lo que te estoy ofreciendo es real.

—No, lo que me estás ofreciendo es muy bonito, pero sólo para tapar que te has equivocado. No me quieres pedir que vuelva como tu esposa porque no estás dispuesto a admitir que te equivocaste al dejar que me fuera y, claro, Justice King no comete errores, ¿verdad?

Justice se quedó mirándola estupefacto.

—¿Cómo has hecho para darle la vuelta a la tortilla de esta manera?

—Te conozco muy bien —insistió Maggie—. Tú no quieres una relación platónica conmigo —añadió riéndose—. Lo que pasa es que te crees que así te sería más fácil convencerme y, luego, cuando ya estuviéramos Jonas y yo instalados aquí, te las arreglarías para volver a acostarte conmigo. A ver si te has creído que me engañas. Está muy claro que me deseas —concluyó triunfante.

—No lo niego —contestó Justice—. Es cierto que te deseo, es obvio, pero podríamos ser amigos.

—No, tú y yo no estamos hechos para ser amigos —insistió Maggie poniéndose de puntillas, pasándole los brazos por el cuello y besándolo apasionadamente.

Justice tuvo la sensación de que un calor abrasador le recorría el cuerpo desde la cabeza hasta los pies. Aquella mujer era fuego, luz, calor y seducción.

Le pasó los brazos por la cintura y la apretó contra su cuerpo. Su entrepierna se había endurecido, demostrándole a Maggie que tenía razón.

–¿Lo ves? –le dijo muy segura de sí misma–. Tú y yo no somos amigos. Somos amantes –añadió dejando caer los brazos–. Bueno, más bien, lo fuimos. Ahora ya no sé qué somos exactamente. Lo que sí sé es que no pienso perder a mi hijo.

Dicho aquello, se giró y salió del despacho sin mirar atrás.

Lo había dejado todo muy claro.

Justice se sentía frío y vacío sin ella. La verdad era que quería estar con ella. Maggie tenía razón: no eran amigos y no podrían vivir como tales.

¿Entonces?

Bueno, habían sido pareja en el pasado. Tal vez, pudieran volver a serlo.

Siempre y cuando él estuviera dispuesto a olvidarse de su orgullo.

Capítulo Diez

−Tú eres tan cabezota como él −comentó la señora Carey mientras revolvía la sopa−. Al pobre niño lo vais a volver loco.

Maggie estaba sentada a la mesa de la cocina, tomándose un té que, en realidad, no le apetecía, y mirando por la ventana, viendo cómo Justice paseaba con Jonas por el jardín. El sol primaveral bañaba la hierba y Angel y Spike corrían en círculos, haciendo reír a Jonas.

La sonrisa que se dibujó en el rostro de Justice hizo que Maggie se quedara sin aliento. Sin embargo, no se movió del sitio, permaneció en la cocina.

Se sentía desconectada.

Había pasado una semana muy larga y se sentía como si estuviera avanzando por un cable de acero y no hubiera red para recogerla si se caía. Los días se le hacían eternos y era como si Justice y ella vivieran en casas separadas porque llevaban días sin tocarse. Maggie había soñado con él todas las noches y no podía dejar de pensar en él.

Aun así, no había encontrado una respuesta adecuada.

−¿Y qué puedo hacer si Justice insiste en que quiere que seamos sólo amigos? −se lamentó.

−Es evidente que vosotros dos no estáis hechos

para ser amigos –contestó la señora Carey–. En las dos semanas que llevas aquí a todos nos ha quedado claro que entre vosotros sigue habiendo química –añadió sentándose frente a Maggie en la mesa.

Maggie la miró anonadada.

–No me mires así. No soy tan vieja. Sé cuándo una pareja se desea, no estoy ciega –le dijo el ama de llaves.

–Por mucho deseo que haya entre nosotros, Justice quiere a Jonas, pero no me quiere a mí –insistió Maggie mordisqueando una galleta.

–Sabes perfectamente que te quiere.

–Una cosa es lo que sé y otra muy diferente lo que necesito oír –contestó Maggie mirando de nuevo a los dos hombres de su vida.

En ese momento, Justice estaba besando a Jonas en la frente. Maggie sintió que el corazón se le derretía. ¡Cuánto tiempo llevaba soñando con ver algo así! Por fin estaba sucediendo. El único problema era que ella no formaba parte de la escena.

–Maggie, tú mejor que nadie sabes que a Justice le cuesta mucho expresar sus sentimientos –comentó la señora Carey–. Lo quieres, lo sé perfectamente.

–Sí, lo quiero –admitió Maggie–, pero eso no cambia nada.

–¿Cómo que no? –se rió la señora Carey–. Cariño, el amor lo cambia todo. El amor hace que todo sea posible. No tires la toalla.

–No soy yo la que tira la toalla –se defendió Maggie–. Es Justice el que no quiere ceder.

–Ya…

–¿Qué quiere decir eso?

—Nada —suspiró la señora Carey—. Estaba pensando que las personas tan testarudas como Justice y como tú tenéis la obligación de emparejaros para, así, librarnos a los demás de tener que aguantaros.

Aquello hizo reír a Maggie.

—¿Por qué no sales a jugar con ellos un rato?

Maggie quería hacerlo, era lo que más le apetecía en el mundo, pero las cosas entre Justice y ella estaban tan enrarecidas que no sabía cómo la recibiría y, además, Jonas y ella no tardarían en marcharse porque Justice estaba prácticamente recuperado y le parecía justo dejar que pasaran algún tiempo a solas.

La idea de tener que volver a abandonar el rancho, de volver a separarse de Justice era terrible y la posibilidad de que cumpliera la amenaza de quitarle al niño la aterrorizaba. Maggie era consciente de que en un futuro cercano iba a sufrir mucho.

—No, voy a subir a darme un buen baño y a arreglarme para la fiesta de esta noche —contestó Maggie diciéndose que, cuanto antes comenzara a prepararse para lo inevitable, mejor.

Aquella noche iba a tener lugar la fiesta de la asociación Alimentos para los hambrientos, que tenía su domicilio en el rancho King y con la que Maggie solía trabajar mucho cuando vivía allí.

Por eso, cuando Justice le había pedido que lo acompañara, le había parecido una buena idea. Ahora, sin embargo, ya no se lo parecía tanto...

—¿Seguro que no le importa quedarse con Jonas? Lo digo porque me puedo quedar yo...

—¿Pensando en echarte atrás en el último momento, gallina? Pues no me vas a poder poner a mí de excusa porque me encanta quedarme con Jonas y lo sabes.

–Menuda amiga tengo en usted…

–Soy tu amiga –contestó la señora Carey poniéndose en pie y abrazándola–. Precisamente porque soy tu amiga, te digo que subas a arreglarte, que te des un buen baño, te maquilles, te peines y te pongas el precioso vestido que te compraste ayer, salgas con tu marido, bailéis, charléis y recordéis lo que tenéis antes de que sea demasiado tarde.

A Justice no le gustaba nada arreglarse.

Se encontraba incómodo de esmoquin, prefería los vaqueros y las botas. Habría preferido entregar un cheque y no tener que ir a la fiesta, pero sabía que no podía ser.

Mientras se peinaba, se fijó en las preciosas rosas blancas que llenaban el florero azul cobalto que había sobre la mesa. Desde que Maggie había vuelto al rancho, todos los floreros tenían siempre flores. Aquel detalle sería uno de los muchos que echaría de menos cuando se hubiera ido.

Su pierna iba mejor, así que sabía que la partida de Maggie no tardaría mucho en llegar y no iba a permitir que ocurriera. Quería encontrar la manera de convencerla para que se quedara.

Y no era sólo por Jonas, sino por ella, porque sin ella no se sentía un hombre completo.

Consultó el reloj, se ajustó los gemelos y salió al pasillo. Maggie siempre lo había hecho esperar y siempre le había dicho que merecía la pena.

Y tenía razón.

Cuando la vio aparecer, no le cupo la menor duda.

Estaba deslumbrante con el pelo suelto, como a él le gustaba, y un vestido verde oscuro con escote palabra de honor y falda larga que marcaba sus curvas de una manera deliciosa.

Al ver cómo la miraba, Maggie sonrió encantada y se acercó.

Justice se sintió más incómodo todavía con el esmoquin, que le apretaba por todas partes.

–¿Qué tal estoy? –le preguntó Maggie dando una vuelta sobre sí misma.

Justice se quedó sin aliento. En la espalda, el vestido bajaba hasta casi las nalgas, dejando al descubierto su columna vertebral y la curva de las lumbares. Justice tuvo que hacer un gran esfuerzo para no abalanzarse sobre ella y llevársela a la cama más cercana para desnudarla.

Maggie tenía razón.

No eran amigos.

Nunca lo habían sido.

–Estás guapísima –le dijo sinceramente–. Se van a quedar todos con la boca abierta.

Maggie comenzó a bajar las escaleras lentamente, agarrada a la barandilla con una mano mientras con la otra se levantaba un poco el vestido para no tropezar. Al hacerlo, dejó al descubierto unas preciosas sandalias doradas y una tobillera de oro de lo más sexy.

–No me interesan todos, no me interesan los demás –murmuró cuando llegó junto a Justice.

–Me alegro –contestó él–. Así no tendré que estar toda la velada apartándote moscones.

—Ése es el cumplido más estupendo que me has hecho nunca, Justice.

¿De verdad lo era? ¿De verdad no solía decirle a su esposa lo guapísima que era? ¡Pues debería haberlo hecho! Debería haberle repetido una y otra vez lo importante que era para él, pero no había encontrado las palabras y la había perdido.

Tal vez, todavía estuviera a tiempo de arreglar las cosas.

Justice se acercó, la tomó de las manos y la miró a los ojos.

—Maggie, yo...

—¡Qué guapos estáis los dos! —los interrumpió la señora Carey apareciendo en el vestíbulo con Jonas.

Justice no supo si sentirse aliviado o irritado por la interrupción, pero lo que tuvo claro fue que aquel niño que le tendía los bracitos a su madre los unía a ambos. Aunque todavía no sabía si era hijo suyo, lo quería y deseaba que les sirviera para construir algo juntos de nuevo.

¿Sería suficiente?

Tras despedirse de la señora Carey y del pequeño, se dirigieron al coche. Lo cierto era que a Justice no le apetecía nada ir al baile. Habría preferido quedarse en casa con Maggie, desnudándola y haciéndole el amor.

—No tenemos por qué quedarnos mucho tiempo —comentó.

—Bueno, yo quiero bailar con cierto hombre muy guapo que va de esmoquin —contestó Maggie.

Justice sonrió encantado.

—¿Lo conozco?

—Anda, venga, vamos a pasárnoslo bien —lo animó Maggie.

Justice asintió convencido mientras le abría a la que había sido su esposa la puerta del coche y se dijo que más le valía disfrutar de lo que tenía mientras lo tuviera, porque sabía por experiencia lo rápido que podían cambiar las cosas.

La fiesta estaba siendo un éxito.

Allí estaban las personas más influyentes del condado, charlando y riendo mientras una orquesta ambientaba el salón y los camareros se movían entre los invitados ofreciéndoles canapés y copas de champán. Las mujeres llevaban vestidos de gala y joyas y los hombres iban todos de esmoquin.

Maggie estaba saludando a unas amigas cuando Justice se acercó y la invitó a bailar.

—¿Estás seguro? ¿No te duele la pierna?

—No —contestó Justice llevándose la mano al muslo—. ¿Me concedes este baile? —añadió tendiéndole la mano.

Maggie asintió y aceptó la mano de su esposo. Mientras se dirigían a la pista de baile, se dio cuenta de que muchas mujeres los seguían con la mirada y aquello la llenó de orgullo porque estaba segura de que muchas mujeres querrían estar entre los brazos de Justice y, de momento, aunque sólo fuera aquella noche, aquel lugar lo iba a ocupar ella.

Así que, en cuanto llegaron a la pista, se deslizó entre aquellos brazos que conocía tan bien. Justice la estrechó contra su cuerpo y Maggie suspiró de placer y comenzó a moverse al ritmo de la música.

–¿Estás bien? –le preguntó cuando sintió que a Justice le fallaba el paso.

–Sí –contestó él apretando los dientes.

–No hace falta que bailemos.

–Estoy bien. Me duele un poco, pero nada más.

–Me tienes preocupada.

–Pues no te preocupes, maldita sea –maldijo Justice–. No necesito que te preocupes por mí. Sólo quiero que bailemos, ¿de acuerdo?

Maggie sintió que la magia del momento se evaporaba. Justice le acababa de decir que no la necesitaba. Las palabras se repetían una y otra vez en sus oídos.

–Ése es el problema, Justice –murmuró mirando al suelo–, que no me necesitas.

–Yo no he dicho que no te necesite, sino que no necesito que te preocupes por mí, que es diferente.

–No, es lo mismo –insistió Maggie levantando la mirada–. Yo sí te necesito. Siempre te he necesitado.

–Me alegro, porque...

–No, no es motivo de alegría –lo interrumpió Maggie sin importarle que las demás parejas comenzaran a mirarlos–. No es motivo de alegría porque es la razón por la que no puedo estar contigo.

–Estás conmigo –la contradijo Justice apretándola de la cintura.

–No por mucho tiempo. Aunque te necesito, no puedo estar contigo porque tú no me necesitas y yo quiero sentirme necesitada.

–¿Cómo dices eso? Claro que te necesito.

–No, tú no me necesitas, Justice. No me dejas que te ayude. No me dejas que te ayude ni siquiera con la pierna.

–Eso es diferente, Maggie. No he querido que me ayudaras porque no te necesito como fisioterapeuta en estos momentos.

–Tú no necesitas a nadie –contestó Maggie alzando la voz a pesar de que estaban rodeados de gente–. No quieres admitir que no puedes hacerlo todo solo. Por eso te empeñas en actuar como si no necesitaras a nadie. Es tu orgullo, Justice, siempre tu maldito orgullo.

–Mi orgullo me ha ayudado a que mi rancho sea uno de los mejores del país, mi orgullo me ayudó a sobreponerme cuando te fuiste –contestó Justice bajando la voz y apretando los dientes.

–Te recuerdo que me fui, precisamente, por tu orgullo.

–Pero esta vez no te vas a ir –contestó Justice–. Ahora tenemos que estar juntos.

–¿Por qué?

–Porque me ha llamado Sean, del laboratorio, para darme los resultados de las pruebas. Soy el padre Jonas.

–No esperes que me sorprenda –contestó Maggie intentando apartarse.

–Ya sé que debería haberte hecho caso, que debería haberte creído.

–Sí, deberías haberme creído.

Justice se sintió como si le quitaran un enorme peso de encima, como si el futuro estuviera lleno de posibilidades.

—¿No lo entiendes, Maggie? Esto lo cambia todo. Soy su padre. Eso significa que el médico se equivocó, que puedo darte hijos.

—Eso ya lo sé yo hace un tiempo —contestó Maggie.

—Nos vamos a casar —comentó Justice como si fuera una orden.

—¿Perdón? —contestó Maggie parándose en seco.

—He dicho que nos vamos a casar.

—No me puedo casar contigo. Ya estoy casada —contestó Maggie.

—¿Cómo? —exclamó Justice anonadado—. ¿Cómo que estás casada? ¡Pero si te estás acostando conmigo!

Varias cabezas se giraron hacia ellos y Justice les aguantó la mirada, obligándolos a mirar hacia otro lado.

Maggie se sonrojó de pies a cabeza, pero no de vergüenza, sino de enfado.

—¡Estoy casada contigo, Justice! —exclamó girándose y abriéndose paso entre los invitados.

Justice se quedó mirándola estupefacto y fue tras ella, la agarró del brazo y la hizo girarse hacia él, sin importarle los demás invitados.

—¿Cómo vamos a estar casados si te firmé los papeles del divorcio? —le preguntó.

—Porque nunca los entregué —contestó Maggie zafándose de nuevo de él y dirigiéndose a la salida.

Justice la siguió, ignorando los cuchicheos y las risas a sus espaldas. Sin duda, iban a ser la comidilla del lugar durante mucho tiempo.

Así que Maggie y él seguían casados, y él sin saberlo. Cuando llegó a la salida, vio que Maggie avanzaba con paso decidido y furioso en dirección al rancho, así que se apresuró a ir a buscar el coche para recogerla.

—Sube al coche, Maggie —le dijo bajando la ventanilla del copiloto cuando llegó a su altura.

—No, no te necesito, Justice —contestó Maggie—. Prefiero ir andando.

—¿Hasta casa? ¡Pero si son más de doce kilómetros! ¡Y hace mucho frío!

—¡Estoy tan enfadada que no tengo ningún frío! —contestó Maggie.

Justice paró el coche y se bajó. Le dolía horrores la pierna, pero la ignoró, se bajó del coche y corrió detrás de Maggie.

—¡Suéltame! —le dijo ella cuando la agarró del brazo—. ¡Me has humillado delante de todo el mundo!

—¿Cómo que te he humillado?

—¡Has dicho que nos estamos acostando!

—¡Y tú has dicho que seguimos casados y a todo el mundo le ha quedado claro que yo no lo sabía!

—Eso es diferente —se defendió Maggie sin mucha convicción.

—¿No será tu orgullo el problema ahora? —se burló Justice.

Maggie lo miró confusa y no contestó.

—Está bien —cedió—. Acepto que me lleves a casa, pero no te pienso hablar. Ni durante el trayecto ni nunca más.

Justice asintió y sonrió para sus adentros, pues sabía que Maggie Ryan King no podía permanecer mucho tiempo en silencio, ni aunque su vida dependiera de ello.

Capítulo Once

Cuando llegaron al rancho, Maggie ya se había tranquilizado bastante. Recordaba perfectamente la expresión de sorpresa y de risa en los rostros de los invitados y sabía que al día siguiente todo el mundo comentaría lo que había pasado.

Y no podía hacer nada para evitarlo.

Se sentía como una idiota.

Todos sus sueños se habían ido al garete y, encima, delante de unas cuantas personas. ¡Qué humillación!

—¡Espera! —exclamó Justice al ver que Maggie se bajaba con el coche todavía en marcha.

Maggie lo ignoró y se dirigió a la casa. Ya no podía más. Lo único que quería era abrazar a su hijo y meterse en la cama. Al día siguiente, recogería sus cosas y se irían a casa.

—Maggie, espérame.

Maggie miró hacia atrás y vio que Justice llegaba cojeando, pero se recordó que no quería que lo ayudara, que no necesitaba una fisioterapeuta, que no necesitaba su ayuda, así que rebuscó en el bolso para sacar las llaves, pero Justice se le adelantó y abrió la puerta.

—Gracias.

—De nada.

Maggie se dirigió a las escaleras, pero Justice la agarró del brazo.

–Por lo menos, háblame –le pidió.

–¿Y qué quieres que te diga?

–Menos mal que han vuelto. Los iba a llamar ahora mismo.

Justice y Maggie alzaron la mirada y se encontraron con la señora Carey, que sostenía a Jonas en brazos. Al instante, Maggie se dio cuenta de que algo no iba bien, se agarró el vestido para no tropezar y subió a la carrera.

–¡Está ardiendo! –exclamó al tomar al pequeño en brazos.

–Sí, lleva toda la noche inquieto, pero hace media hora que ha empezado a tener fiebre –la informó el ama de llaves–. He llamado al médico, pero no he podido dar con él.

–Tranquila, señora Carey –dijo Justice tomando a Jonas en brazos y agarrando a Maggie de la mano.

Al instante, Maggie se relajó y se sintió mejor. Justice tenía la capacidad de contagiar su seguridad y su serenidad.

–Vamos a urgencias. Todo se solucionará –anunció Justice girándose para bajar las escaleras.

Mientras se paseaba inquieto por la sala de espera de urgencias, Justice se dijo que debería estar prohibido por una ley cósmica que los niños enfermaran y sufrieran sin ni siquiera entender lo que les sucedía.

Justice miró a Maggie, que sostenía a Jonas en brazos, y se dio cuenta de que se sentía aterrorizado e inútil, algo completamente nuevo para él. Jamás se había enfrentado a una situación que no pudiera arreglar, excepto cuando Maggie se había ido, e incluso entonces habría podido arreglar la situación, habría podido convencerla para que se quedara si, dejando su orgullo a un lado, le hubiera dicho que la quería y que era importante para él.

Maggie tenía razón: había permitido que su matrimonio se fuera al garete a causa de su orgullo, pero ¿se suponía que un hombre tenía que dejarlo todo por la mujer a la que amaba? Amor.

Aquella palabra resonó en su interior. Sí, estaba completamente enamorado de Maggie y la vida sin ella se le antojaba una tortura insuperable.

Mientras la miraba, vio que a Maggie se le saltaban las lágrimas y que le temblaba la mano con la que le acariciaba la espalda a su hijo. Cuando levantó la mirada hacia él, vio que confiaba en él a pesar de todo lo que le había dicho y que esperaba que Justice arreglara la situación.

Aquello hizo que Justice sintiera algo primitivo en sus entrañas y se jurara que no la iba a decepcionar y que, cuando Jonas se hubiera puesto bien, iba a hablar con ella para convencerla de que no se fuera.

Estaba dispuesto a decirle que la amaba, explicarle lo mucho que significaba para él.

Adiós al orgullo.

—Justice, tiene mucha fiebre —comentó Maggie acunando al niño, que había empezado a llorar.

Justice sintió que el corazón se le partía.

—Tranquila, se pondrá bien —le aseguró—. No te

preocupes. Voy a conseguir que venga un médico a verlo aunque tenga que comprar el maldito hospital.

En ese momento, se oyó a alguien llorar, un gemido desde detrás de una cortina verde y enfermeras corriendo de un lado para otro. Ya llevaban allí una hora y lo único que habían hecho había sido tomarle la temperatura al niño.

–No creo que sea necesario que compres el hospital –contestó Maggie obligándose a sonreír.

–Estoy dispuesto a hacerlo si es la manera de que nos hagan caso –insistió Justice–. ¿Cómo puede ser que no venga un médico? Jonas es un bebé. No debería tener que esperar tanto como un adulto.

Maggie suspiró y sonrió a pesar de que tenía miedo.

–Me alegro de que estés aquí conmigo.

Justice se paró y la miró.

–¿De verdad?

–Sí –contestó Maggie–. Si estuviera sola, me estaría comportando como una idiota. Me alegro de que estés aquí dando vueltas como un león enjaulado y amenazando con comprar el hospital.

Justice se acercó, se sentó frente a ella y se quedó mirándola. A continuación, alargó el brazo y le acarició la mejilla a Jonas, que estaba muy caliente. El bebé giró la cabeza, miró a su padre y suspiró.

En aquel instante, en aquel momento eterno, Justice supo que siempre amaría a aquel niño por encima de todo. Llevaba días viéndolo venir y ahora su instinto se lo confirmaba. Al igual que una vaca que era capaz de reconocer a su ternero en mitad del rebaño. Era la madre naturaleza que unía a las familias en un vínculo sagrado que los humanos llamaban amor.

Y eso fue lo que Justice sintió por su hijo, un amor exuberante y puro, un amor tan grande que le dejó sin aliento, consciente de que estaba dispuesto a hacer lo que fuera necesario por aquel niño.

–Todo va a salir bien, hijo mío –le dijo con voz trémula mientras se le humedecían los ojos–. Tu padre se va a asegurar de que todo salga bien.

Maggie le acarició la mano, lo miró a los ojos y entre ellos se estableció un vínculo silencioso, una comprensión profunda que hizo que Justice se preguntara cuántos padres habrían pasado por aquella sala de espera.

–Esto es ridículo –se quejó–. Tendría que haber más médicos y más enfermeras. Las esperas no tendrían que ser tan largas. Voy a hablar con el alcalde. Estoy dispuesto a donar dinero para que se construya otra ala.

–Justice…

–De verdad que no lo entiendo –continuó Justice–. ¿Qué tiene que hacer uno para que lo atiendan aquí, llegar con un ojo colgando?

–Eso sería realmente bonito –contestó una mujer a sus espaldas.

Justice se giró y se encontró con una médico de cincuenta y tantos años, pelo canoso, ojos castaños y amables y sonrisa comprensiva.

–No la había visto.

–Es evidente. Bueno, ya estoy aquí, así que vamos echar un vistazo a su hijo –dijo la doctora avanzando hacia Jonas–. Túmbelo, por favor –añadió colocándose el estetoscopio en los oídos.

Maggie le colocó la mano en la tripita al niño para tranquilizarle, y Justice se colocó detrás de ella y le puso las manos en los hombros, uniéndose los tres en una sola unidad.

–Vamos a ver qué tal tienes el corazón, pequeño –dijo la doctora sonriendo al bebé.

A continuación, movió el estetoscopio por el pecho del niño y anotó algo que Justice no alcanzó a ver. La doctora le puso el termómetro a Jonas y le miró los ojos.

–¿Qué le pasa? –preguntó Maggie.

–Es su primer hijo, ¿verdad? –le preguntó la doctora.

–Sí –contestó Justice–, pero ¿eso qué tiene que ver?

–Es muy normal que los niños pequeños tengan fiebre –les explicó la doctora–. Nunca sabemos a ciencia cierta por qué. A veces es porque les están saliendo los dientes, otras porque simplemente no se encuentran bien y en ciertas ocasiones porque les duele algo –añadió mientras Jonas jugueteaba con el estetoscopio–. El niño está bien. Tienen ustedes un hijo perfectamente sano. Le ha bajado la fiebre –añadió consultando la hoja en la que la enfermera había anotado la temperatura que Jonas tenía al llegar–. Se lo pueden llevar a casa y darle un baño con agua tibia. Le sentará bien. Vigílenlo y, si algo les preocupa, me llaman por teléfono o lo vuelven a traer –concluyó escribiéndoles su número de teléfono en el reverso de una tarjeta de visita.

Justice la aceptó, miró el nombre y asintió.

–Gracias, doctora Rosen.

–Un placer –contestó la doctora–. Por cierto, eso

que estaba diciendo antes de construir un ala nueva en el hospital, nos vendría muy bien y yo hace tiempo que tengo unas cuantas ideas...

Justice sonrió.

–Deme unos días y hablamos –le prometió agradecido.

–Muy bien –contestó la doctora visiblemente sorprendida.

Cuando se fue, Maggie se aproximó a Justice, que abrazó a su mujer y a su hijo y disfrutó del momento.

Su familia estaba con él y no los iba a perder.

El trayecto de vuelta a casa transcurrió en silencio, y Maggie lo agradeció porque tenía muchas cosas en las que pensar.

Jonas estaba completamente dormido en el asiento de atrás, pero Maggie se giró unas cuantas veces para comprobar que estaba bien.

Justice no apartaba la mirada de la carretera, conducía con seguridad y fluidez, y Maggie recordó la fuerza con la que los había estrechado entre sus brazos. Sin embargo, ahora lucía una expresión seria, se había alejado de nuevo y estaba ocultando sus sentimientos.

Mejor así.

Ahora que Jonas estaba bien, todo volvería a colocarse donde lo habían dejado después del baile. Aquello hizo recordar a Maggie que Justice había afirmado con mucha seguridad que se iban a casar. ¿De verdad creía que se iba a quedar con él solamente porque Jonas era hijo suyo o porque ahora estaba claro que podía darle más hijos? ¿No se daba cuenta de que mantener un matrimonio por el bien de los hijos era un gran error?

Cuando llegaron al rancho, la señora Carey abrió la puerta de la casa y salió corriendo hacia el coche.

—¿Está bien? Qué preocupada me tenía —se lamentó.

—Está bien, señora Carey —le aseguró Maggie bajándose del vehículo.

—Tranquila —añadió Justice—. Váyase a la cama. Ya hablaremos mañana.

El ama de llaves así lo hizo, dejando la puerta abierta y las luces encendidas.

Maggie se dirigió al asiento trasero, sacó a Jonas y lo tomó en brazos. El niño estaba completamente dormido. Con su hijo en brazos, Maggie se sentía con la fuerza suficiente para hacer lo que tenía que hacer, así que lo apretó contra su cuerpo como si fuera un talismán y avanzó hacia el vestíbulo.

Una vez dentro, Justice cerró la puerta y se hizo el silencio total. Aquélla había sido una de las noches más largas de su vida para Maggie y todavía no había terminado. No podía esperar a la mañana siguiente para decir lo que tenía que decir porque, seguramente, entonces ya no tendría el valor para mantener aquella conversación y no podía permitir que aquello sucediera.

Aunque se le partiera el corazón, tenía que decirle algo muy importante a Justice.

—Menuda nochecita —comentó Justice rompiendo el silencio.

–Sí –contestó Maggie mirándolo a los ojos y sabiendo que lo iba a echar tremendamente de menos.

«Es un buen momento, tengo que hacerlo ahora», se dijo.

–Justice…

Justice se tensó. Sabía que lo que le iba a decir Maggie no le iba a gustar.

–Mañana me voy.

–¿Cómo? ¿Por qué? –se sorprendió Justice.

–Sabes perfectamente por qué –contestó Maggie con tristeza, sintiendo que se le saltaban las lágrimas–. Tienes la pierna prácticamente bien del todo. No me necesitas y ya va siendo hora de que yo siga adelante con mi vida.

–¿Con tu vida? ¿Ahora que sabemos que soy el padre de Jonas y que podemos formar esa gran familia que siempre has querido?

–No se trata de eso –suspiró Maggie.

–Tienes los papeles del divorcio hace mucho tiempo y no los has presentado. ¿Por qué?

–Ya sabes por qué.

–Porque me quieres.

–Sí. ¿Y qué? –contestó Maggie alzando la voz y volviéndola a bajar cuando Jonas estuvo a punto de despertarse–. Te quería entonces y te sigo queriendo ahora, pero, cuando vuelva a casa, presentaré los papeles del divorcio.

–¿Por qué?

–Porque no quiero seguir casada contigo por el bien de tu hijo –contestó con la esperanza de que la entendiera–. No sería justo para ninguno de nosotros. ¿No lo entiendes, Justice? Yo te quiero, pero necesito que tú también me quieras y que me necesites, quiero un hombre que comparta la vida conmigo, quiero un hombre que esté a mi lado...

−¿Como esta noche?

−Sí, como esta noche, pero, normalmente, no te comportas así. No sueles permitir a la gente que se acerque a tu lado emocional, no te permites necesitar a nadie −contestó Maggie con voz trémula−. Prefieres tener razón que amar. Tu orgullo es más importante para ti que ninguna otra cosa y que ninguna otra persona y yo no puedo vivir así y no estoy dispuesta a hacerlo.

Dicho aquello, se giró hacia las escaleras. Sentía el corazón apenado y el alma vacía, pero se obligó a agarrarse el vestido para subir.

Sin embargo, Justice pronunció unas palabras que la hizo pararse en seco.

−Por favor.

Maggie se giró sorprendida y lo miró, y entonces vio un hombre solo, solitario, hambriento de cariño e incómodo.

Se dijo que lo había soñado, pero Justice repitió las palabras y añadió algo más:

−Por favor, no te vayas, quédate.

Maggie lo miró atónita. No se podía creer que Justice se estuviera tragando su orgullo.

−¿De verdad? Jamás me habías dicho nada así −contestó esperanzada.

−No, es la primera vez −admitió Justice acercándose a ella.

Quería que Maggie comprendiera lo que él había aprendido en las últimas horas. Durante el tiempo que había permanecido junto a ella en la sala de espera, compartiendo sus temores, a su lado, esperando a que alguien ayudara a su hijo, la verdad le había quedado muy clara.

Sin Maggie, no tenía nada.

Y, cuando Maggie le había dicho que se iba de nuevo, había sentido que su mundo se tambaleaba y había comprendido que, si permitía que el orgullo ganara de nuevo, la iba a perder definitivamente, iba a perder todo lo importante que tenía en la vida.

Así que se despidió de su orgullo, se aproximó a ella y se colocó a su lado para decirle lo que Maggie quería oír, las palabras que no habían brotado de su boca la última vez que habían estado juntos.

—Te necesito, Maggie, te necesito más que el aire que respiro.

Maggie sintió que los ojos se le llenaban de lágrimas y que esas lágrimas le corrían por las mejillas. El labio inferior le temblaba. Justice levantó la mano, lo recorrió con la yema del dedo pulgar y la miró.

Aquella mujer era maravillosa, era suya y estaba hecha para él, aquella mujer estaba hecha para permanecer a su lado toda la vida, para envejecer juntos, para mimarla y cuidarla como si fuera un tesoro, para dar gracias a Dios por ella todas las noches.

—Justice, yo…

Justice negó con la cabeza. Quería decir lo que tenía que decir.

—Déjame decirte algo importante. No quiero que vuelvas a tener que dudar: te quiero más de lo que es humanamente posible. Cuando te fuiste, te llevaste mi corazón contigo y, cuando volviste, sentí que resucitaba. No quiero volver a separarme de ti, Maggie. Si te vas, me voy contigo.

Maggie se rió mientras las lágrimas seguían resbalándole por las mejillas.

—¿Lo ves? Ni rastro de orgullo. Maggie, por favor, no te vayas.

—Oh, Dios...

—Quédate —insistió Justice tomándola del mentón y mirándola a los ojos—. Por favor, quédate. Por favor, vuelve a quererme. Por favor, déjame que te quiera, que quiera a Jonas y a todos los demás hijos que están por venir.

Maggie volvió a reírse, y Justice se dijo que no tendría que haber dejado pasar tanto tiempo, que tendría que haber arreglado las cosas mucho antes.

—Es increíble. No me cuesta pedirte las cosas por favor —se maravilló.

—No sé qué decir —contestó Maggie sonriendo.

—Di que sí —contestó Justice estrechando a Jonas y a ella entre sus brazos—. Di que os vais a quedar, que no lo he estropeado todo.

Maggie reposó la cabeza sobre su pecho y suspiró.

—Cuánto te quiero...

Justice sonrió encantado. Se encontraba de maravilla. Tan contento estaba que le entraron ganas de llamar a su hermano Jeff para darle las gracias por haberle mandado a Maggie como fisioterapeuta, por haberla devuelto a su hogar.

—¿Estoy soñando? —se preguntó Maggie en voz alta, alzando la cabeza.

—No, Maggie —contestó Justice sonriente—. Esto no es un sueño. Te estoy diciendo que te quiero y te pido que me des otra oportunidad para demostrarte que puedo ser el hombre que tú necesitas, el hombre que te mereces.

–Oh, Justice –suspiró Maggie acariciándole la mejilla–. Siempre has sido el único para mí, desde el principio, y siempre lo serás.

Justice apoyó la frente en la de su mujer y agradeció a la vida que lo hubiera hecho entrar en razón a tiempo.

–¿Qué te parece si lo acostamos los dos, juntos? –le propuso Maggie entregándole a Jonas.

Justice tomó al pequeño milagro y lo acunó con dulzura mientras le pasaba el otro brazo por los hombros a Maggie. Así, subieron las escaleras. Al llegar arriba, Maggie se giró hacia él.

–Cuando el niño esté en su cuna, creo que voy a necesitar ciertas atenciones de mi marido –comentó.

–No hay problema –contestó Justice sonriente.

Maggie apoyó la cabeza en su hombro y los tres avanzaron por el pasillo en penumbra hacia una nueva luz.

En el Deseo titulado
Apuesta segura, de Maureen Child,
podrás finalizar la serie
LOS REYES DEL AMOR

Deseo™

Un trato muy especial

LEANNE BANKS

Cuando Michael Medici vio a la bella camarera del cóctel bar, movió ficha. Una extraordinaria noche después, supo que quería más de Bella St. Clair. Por desgracia, acababa de comprar la empresa de su familia, y ella lo despreciaba.

En el vocabulario de un Medici no existía la palabra "no", así que le hizo a Bella una oferta que ni la mujer más orgullosa habría podido rechazar: si era su amante, recuperaría la empresa. Ella accedió a la proposición, pero se negó a rendirse a la norma de que no habría sentimientos de por medio. ¿Sucumbiría el atractivo millonario al deseo oculto de su corazón?

Nunca había conocido a una mujer a la que no pudiera tener

¡YA EN TU PUNTO DE VENTA!

Acepte 2 de nuestras mejores novelas de amor GRATIS

¡Y reciba un regalo sorpresa!

Oferta especial de tiempo limitado

Rellene el cupón y envíelo a
Harlequin Reader Service®
3010 Walden Ave.
P.O. Box 1867
Buffalo, N.Y. 14240-1867

¡Sí! Por favor, envíenme 2 novelas de amor de Harlequin (1 Bianca® y 1 Deseo®) gratis, más el regalo sorpresa. Luego remítanme 4 novelas nuevas todos los meses, las cuales recibiré mucho antes de que aparezcan en librerías, y factúrenme al bajo precio de $3,24 cada una, más $0,25 por envío e impuesto de ventas, si corresponde*. Este es el precio total, y es un ahorro de casi el 20% sobre el precio de portada. !Una oferta excelente! Entiendo que el hecho de aceptar estos libros y el regalo no me obliga en forma alguna a la compra de libros adicionales. Y también que puedo devolver cualquier envío y cancelar en cualquier momento. Aún si decido no comprar ningún otro libro de Harlequin, los 2 libros gratis y el regalo sorpresa son míos para siempre.

416 LBN DU7N

Nombre y apellido	(Por favor, letra de molde)	
Dirección	Apartamento No.	
Ciudad	Estado	Zona postal

Esta oferta se limita a un pedido por hogar y no está disponible para los subscriptores actuales de Deseo® y Bianca®.
*Los términos y precios quedan sujetos a cambios sin aviso previo.
Impuestos de ventas aplican en N.Y.

SPN-03 ©2003 Harlequin Enterprises Limited

Bianca

De humilde camarera… a esposa de un príncipe

Cathy está acostumbrada a hacer camas, ¡no a meterse en una con un príncipe! Pero el arrogante Xaviero impone una norma: después de que le haya enseñado a Cathy todo lo que sabe, su aventura concluirá.

Cuando el rey de Zaffirinthos enferma, Xaviero se ve a obligado a asumir el rol de príncipe regente. Las voluptuosas curvas de la dócil Cathy siguen asolando sus sueños y decide ofrecer a la humilde doncella un trato muy especial, digno de un príncipe.

De camarera a princesa

Sharon Kendrick

¡YA EN TU PUNTO DE VENTA!

Deseo

Mujer de rojo

YVONNE LINDSAY

Sensual, elegante, sofisticada... La mujer que Adam Palmer se encontró en el casino era la tentación vestida de rojo. Y, para su sorpresa, no era ninguna extraña.

El magnate neozelandés no sabía que su ayudante personal tuviera ese lado tan seductor, ni que conociera a uno de sus mayores rivales.

Sólo había una solución para satisfacer su curiosidad y su ardiente deseo de poseerla: convertir a Lainey Delacorte en su amante. Y pretendía descubrir también qué otros secretos había estado escondiendo su secretaria... fuera y dentro del dormitorio.

Una sirena con piel de secretaria...

¡YA EN TU PUNTO DE VENTA!